VICTORIA-HALL

DU MÊME AUTEUR

Mon cher Jean... De la cigale à la fracture sociale, essai, Zoé, Genève, 1997.
Le Mystère Machiavel, essai, Zoé, Genève, 1999.
Nietzsche ou l'Insaisissable Consolation, essai, Zoé, Genève, 2000.
La Chambre de Vincent, récit, Zoé, Genève, 2002.
Dernière lettre à Théo, Actes Sud, Arles, 2005.
La Pension Marguerite, roman, Actes Sud, Arles, 2006.

ISBN 2-7427-5895-X

METIN ARDITI

VICTORIA-HALL

roman

BABEL

Le corps est un des noms de l'âme, et non pas le plus indécent.

MARCEL ARLAND

à Electre

PROLOGUE

En octobre 1910, Franz Kafka se rend à Paris en compagnie de Max Brod. Une furonculose aiguë l'oblige à rentrer à Prague.

Première partie

LE VOYAGE A PRAGUE

I

LA LETTRE

Le 17 octobre 1910

Cher Max,

Aïe ! A chaque tour de roue je meurs ! Au gré de ses chocs, le train comprime mes furoncles, tantôt à gauche, tantôt à droite, puis rien pendant quelques instants, puis des deux côtés. Ma croix, si j'ose dire, ce sont les croisements, et la terre semble en être couverte. Les vibrations latérales déplacent les pansements et dénudent les furoncles, si bien qu'à chaque tour de roue le petit choc n'est plus amorti par la gaze et mon postérieur se transforme en "jardin des supplices".*

Le train quitte la gare de Fontainebleau, et dans le somptueux compartiment tendu de velours rouge, je me retrouve seul en compagnie d'un homme encore jeune. Une conversation me distrairait de mes furoncles, mais son regard est si sévère que je doute de mes chances (en attendant, je t'écris,

* Dans la version originale de la lettre : "*Die Kreuzungen sind mein Kreuz, wenn ich so sagen darf.*"

mais aussitôt mon crayon posé, je me lancerai à sa conquête).

Un second voyageur qui vient de descendre était, imagine-toi, mon voisin de table au salon algérien du Train-Bleu, là où tu m'as laissé tout à l'heure. Malgré la chaleur qui régnait au restaurant, il n'avait pas quitté sa pelisse à col de loutre. Il était très pâle, soigné à l'extrême, et d'une tenue compliquée, presque touchante, qui laissait deviner plusieurs gilets sous la chemise. Son visage semblait figé, mais sous deux paupières mi-closes ses yeux étaient aux aguets, et il s'en échappait un regard gourmand.

A vingt minutes du départ de mon train, je me mis à héler le garçon. Trois tentatives ne me suffirent pas à capter son attention. C'était un jeune homme aux cheveux blonds coupés court, haut de taille et très sûr de son affaire. L'inquiétude commençait à me gagner, car entre la descente pénible des grands escaliers, la traversée du hall et l'accès au quai, je comptais qu'il me faudrait dix minutes, cinq minutes encore pour choisir une place dans un compartiment peu encombré, si bien qu'il ne m'en restait plus que deux pour payer. Mon voisin de table vit alors mon trouble, et avec grande autorité, tête en arrière, esquissa un geste en direction du garçon. Un instant plus tard, le gaillard était devant lui, quasiment aux ordres.

— Monsieur voudrait payer, je crois, et moi aussi, dit mon voisin d'une voix sourde.

Je payai le garçon et me levai avec difficulté.

— *Permettez-moi de vous remercier, dis-je à mon voisin. Quel est votre secret ?*

— Une longue habitude des garçons, sans doute* ! *me répondit l'homme en esquissant un sourire.*

Il avait prononcé la phrase en deux temps, reprenant son souffle après "garçons", d'une voix qu'un léger sifflement des bronches voilait, ce qui surprenait chez un homme aussi jeune. Il remarqua que je me déplaçais avec peine.

— *Vous souffrez, cher monsieur ?*

— *Une furonculose mal placée.*

Il esquissa une grimace de douleur.

— *Quel train prenez-vous ?*

— *Celui de Prague.*

— *Alors nous voyagerons ensemble jusqu'à Fontainebleau, le premier arrêt, je serais ravi de poursuivre notre échange jusque-là.*

Il semblait calquer le rythme de ses phrases sur celui de sa respiration, et je me dis que c'était peut-être pour en masquer l'essoufflement. Arrivé au wagon, il s'installa face à moi, près de la vitre du couloir. Seul un autre voyageur occupait le même compartiment, celui au regard sévère dont je t'ai parlé plus haut.

Mon voisin du Train-Bleu posa sur moi ses yeux mi-clos avec un aplomb qui me gêna beaucoup. Je rompis le silence, par embarras :

— *Sans vous, j'aurais raté mon train. Vous avez interpellé le garçon avec une telle autorité !*

— *Ah ! L'autorité… c'est le père !*

* En français dans le texte.

C'était comme s'il comptait sur la douceur de son regard pour rattraper la condescendance de sa voix.

— J'avoue ne pas comprendre, lui dis-je.

L'homme me fascinait.

— Mais oui, dit-il, le père, c'est lui qui nous autorise à user de violence !

— N'étais-je pas plus violent que vous ? Votre geste était à peine esquissé...

— Il n'y a pas d'autorité sans violence sous-jacente, vous êtes un voyageur de passage, que risque le garçon à vous déplaire, je suis français, peut-être proche de gens haut placés, me mécontenter pourrait lui valoir un blâme, qui sait, lui coûter sa place, je ne m'agitais pas, c'est vrai, mais n'est-ce pas au calme que se mesure l'autorité, et puis...

Je le coupai avec impatience :

— Mais quel lien avec le père ?

— Mon père ne m'a jamais imposé le devoir de reconnaissance, c'était un grand médecin, un homme très doux et très bon, qui estimait que je ne lui devais rien, alors qu'aujourd'hui encore, je sais ce que je lui dois, mais il m'a libéré de toute dette, et si l'on est sûr de n'être redevable de rien, cher ami... on est prêt à tuer le cœur léger*...

Je ris de bon cœur, ce qui eut pour effet de l'interrompre à nouveau. Le train commençait à ralentir. Il poursuivit :

— Mais me voici arrivé, je rentrerai à temps pour mes fumigations, j'espère, sans lesquelles,

* En français dans le texte.

savez-vous, je ne pourrais pas même faire deux pas ; mais y penser me soulage déjà.

Je lui demandai le motif d'un voyage si court.

— Je dois faire un repérage (à ma mine, il comprit que l'expression m'était inconnue et il enchaîna), pardonnez mon jargon, je cherche un modèle pour décrire une ville de garnison, je suis écrivain, autant que ma santé me permet de l'être, et vous-même, exercez-vous une profession ?

J'hésitai à lui parler de mes essais d'écriture, car déjà le train arrivait en gare et à vrai dire le courage me manqua.

— Je suis juriste au service des contentieux d'une société d'assurances, la Generali, établie à Prague depuis longtemps. Quel sera le sujet de votre livre ?

— Rien d'original, hélas, l'histoire d'un homme que le destin tour à tour accable et favorise, une espèce de roman, mais pas vraiment un roman, comme je regrette que nous nous quittions ici !

Il me sourit. Je me levai pour le saluer. Son teint me parut plus pâle encore qu'au Train-Bleu.

— J'espère que votre santé s'améliorera promptement et vous laissera tout à l'écriture, lui dis-je.

— On ne guérit jamais, cher ami, on apprend à vivre avec ses maladies*.

— En tout cas moi, votre compagnie m'a soulagé de mes douleurs ! Elle a conduit ma pensée sur des chemins surprenants. Permettez que je me présente, docteur Franz Kafka.

* En français dans le texte.

L'homme posa son regard sur le mien et l'y arrêta comme si une amitié nous liait depuis longtemps.

— J'espère que l'occasion nous sera offerte de nous revoir, me dit-il en retenant ma main dans la sienne.

Je lui dis que je l'espérais aussi. Ce n'était pas un mensonge : l'homme était d'un charme ensorcelant et son regard exprimait autant de douceur que de domination.

— Mon nom est Marcel Proust, dit-il. Bonne fin de voyage, bonne guérison, à bientôt !

Les élancements ne me lâchent pas, mon cher Max, je suis trempé de sueur, et dois bien avoir quarante de fièvre. Comme le wagon est en tête de train, impossible d'ouvrir une fenêtre, sauf à vouloir être couvert de suie. Je te laisse, je dois replacer les carrés de gaze sur les furoncles, la herse reprend sa besogne.

Bien à toi,

Franz.

P.-S. Gare de Genève.

J'ai bien dû dormir deux heures, tant la douleur et la fièvre m'ont épuisé. Les élancements ont repris, et je me suis dit qu'une conversation avec le voyageur silencieux devait être tentée à tout prix. Je lui demandai s'il allait à Prague.

— Je m'arrête à Genève.

Son mouvement de tête fut un va-et-vient à peine poli, si rapide qu'il ne permit pas même à nos regards de se croiser. Il reprit sa contemplation, une heure passa encore et je dus m'assoupir, car un coup sec me réveilla. Notre train s'était arrêté sur un pont haut perché à l'embouchure de deux cours d'eau. Le spectacle qui s'offrait sur la droite du wagon était saisissant : les deux fleuves se rejoignaient à la pointe d'une langue de terre qui formait un V presque parfait, mais ils ne se mêlaient pas ! Une ligne très droite marquait l'endroit de leur jonction, le cours du bas restait brun, celui du haut bleu-vert.

Mon voisin se mit alors à parler avec intensité :

— Ce lieu s'appelle la Jonction*, *j'y viens très souvent. A sa pointe, le Rhône – c'est le fleuve du haut, voyez-vous – se fond dans l'Arve. A moins, bien sûr, que ce ne soit l'Arve qui se fonde dans le Rhône, ajouta-t-il d'un air sarcastique, à moins encore que ce ne soit ni l'un ni l'autre ! Car regardez bien : les eaux ne se mêlent pas ! Chacun des cours reste dans sa moitié de lit ! Les fleuves restent distincts l'un de l'autre jusqu'à ce qu'ils aient passé le pont, regardez, là, de l'autre côté du compartiment, sur votre gauche, où ils se mêlent enfin, après qu'ils ont, comme on dit, passé le pont ! Trop tard !*

L'homme marqua une pause. Son regard se perdit au-dehors. Il reprit :

— Comme dans la vie... Des jonctions qui n'en sont pas, des apparences de jonction, des tromperies, des déceptions, et chaque jour la même solitude.

* En français dans le texte.

Il replongea dans son silence, comme si d'un coup les propos qu'il venait de me tenir le gênaient, à la manière d'une confidence qu'on regrette d'avoir laissée échapper. Le train repartit et en un instant arriva en gare de Genève. L'homme saisit son pardessus et sa valise posée dans le filet tendu au-dessus de sa banquette. Je me levai avec précaution pour me présenter :

— Docteur Kafka, de Prague.

— Enchanté*, *me répondit l'homme. Vous travaillez dans une excellente maison. Bonne continuation.*

Je ne saisis pas immédiatement à quelle maison il se référait, puis me souvins que j'avais mentionné le nom de mon employeur à l'homme au souffle court. Je restai debout, l'air idiot, ne sachant quelle attitude adopter face à tant de brusquerie. Le voyageur fit glisser la porte du compartiment, se ravisa, se retourna vers moi – j'étais toujours debout – et me dit :

— Pardonnez-moi. Je viens de perdre ma femme. Le bon Dieu m'a donné un fils et m'a pris ma femme. J'aurais préféré qu'il fît le contraire.

Et il sortit du compartiment. Je restai ébahi. Voilà.

Aïe ! Le train quitte la gare de Genève, et la roue reprend du service. Il est temps de m'en retourner aux lavabos…

A toi,
F.

* En français dans le texte.

II

L'ANTIQUAIRE DE PRAGUE

Assis au milieu de son magasin sur un fauteuil Louis-Philippe, Pavel Kutman attendait. Il était entouré d'un bric-à-brac vertigineux : commodes rococo, miroirs dorés, statuettes de porcelaine, angelots polychromes, luminaires et tableaux de tous les styles s'entassaient, se touchaient, se chevauchaient, dans une proximité surprenante, comme ces groupes de voyageurs qui, brusquement isolés du monde, se retrouvent contraints d'accepter une intimité pittoresque. La cuisine en stratifié des années cinquante et le couvre-lit, naïvement assorti aux rideaux de la chambre à coucher, trahissaient la vétusté du lieu et rendaient sa boutique indéchiffrable.

Il regarda sa montre. Une heure moins le quart. Il étendit les jambes, ferma les yeux et essaya de patienter. Le temps ne semblait pas vouloir avancer. Pavel Kutman se rendit dans la salle de bains. Face au miroir, il se sentit idiot. S'attarder sur son reflet lui était étranger. Il épousseta les épaules de sa veste, ajusta sa cravate, retourna s'asseoir et regarda encore sa montre. Une heure moins cinq.

Il étendit à nouveau les jambes et ferma les yeux. Une minute plus tard il quittait son magasin.

Jacques Piette l'attendait au Pravda, assis à l'une des tables situées sur l'estrade. Il se leva d'un bond, droit et souriant :

— Pavel, dit-il en inclinant la tête vers l'arrière pour l'observer tout entier.

Sa voix nasillarde, sa haute stature et sa grande maigreur lui donnaient belle allure. Il ouvrit ses grands bras pour y accueillir son ami, et son geste ample était étonnamment gracieux pour un homme de sa taille.

— Je ne sais comment vous remercier, dit Pavel Kutman.

D'un coup d'œil rapide, Jacques Piette jaugea son ami. Ses traits, encore fins, avaient résisté à l'empâtement, mais sa tenue peu soignée, ses cheveux rares et gras, et son regard, mélancolique et las, lui donnaient un air malheureux.

— Ne me remerciez pas, dit Piette, pas encore, nous verrons plus tard. Votre appel m'a fait un plaisir énorme. Ma femme vous salue affectueusement. Elle a ajouté que ce retour à Prague me rajeunirait. Nous verrons bien, nos quatre années passées ici restent un souvenir lumineux !

Vingt-trois ans plus tôt, Jacques Piette avait accepté le poste d'attaché culturel à l'ambassade de France. Ce fut sa seule infidélité à la Bibliothèque nationale, où il dirigeait la section des manuscrits anciens. Ancien élève à l'Ecole des langues orientales, il avait consacré six années à la rédaction d'une thèse d'Etat sur "la dérive existentialiste dans les traductions de l'Evangile de saint Jean vers le français et le grec moderne". Sa recherche était le fruit d'une érudition à l'ancienne englobant théologie, philosophie, grec classique et moderne, et la science des manuscrits de l'Antiquité. Elle lui avait valu des propositions d'enseignement qu'il avait déclinées, préférant l'intimité ardue et secrète des textes anciens aux aléas d'une carrière universitaire. Un poste avait été mis au concours à la Bibliothèque nationale, et il l'avait obtenu. Depuis qu'il avait pris sa retraite, il proposait son expertise auprès des collectionneurs de manuscrits. Il avait eu la sagesse de ne jamais collectionner, et c'était un homme libre.

— Comment se porte Gisèle ? demanda l'antiquaire.

— Elle vieillit, comme moi, et s'use à garder ses petits-enfants. Au fond, il faudrait être grands-parents quand on est jeune, et parents plus tard. On partagerait les jeux et la sagesse dans un ordre chronologique fondé sur le bon sens. Me remettre au football à mon âge est ridicule ! Je me crois trop grand pour bousculer mon petit-fils, lui m'épargne parce qu'il me voit trop vieux, et chacun reste sur sa faim !

Ils rirent. Ils s'étaient connus par leurs épouses. Lorsque Jacques Piette avait été nommé attaché culturel à l'ambassade de France, Gisèle Piette avait obtenu un poste de chargée de cours à l'Institut français de l'université Charles. L'Institut était petit, Sofia Kutman y préparait une thèse sur Proust, et Gisèle la croisait tous les jours. Pavel était assistant en histoire de l'art. Très vite les deux couples s'étaient liés d'amitié. Par timidité, ils avaient maintenu entre eux un vouvoiement qu'aucun des quatre n'avait osé briser.

Un jour – les Piette venaient de quitter Prague – Sofia avait observé un nodule sur son sein gauche. Deux ans plus tard elle mourait. Pavel s'était retrouvé seul pour élever leur fille, Tatiana, et cette responsabilité l'avait décidé à reprendre un commerce d'objets d'art. Il aurait pu attendre qu'un poste se libère à l'université de Prague ou de Karlovy-Vary. Mais les chaires d'histoire de l'art étaient peu nombreuses, sa nomination incertaine, et la décision de se transformer en marchand d'art lui avait été facile. Il avait quitté la carrière universitaire sans état d'âmc. Les gains de la boutique étaient supérieurs à ceux de l'enseignement, et la liberté qu'il en avait retirée lui avait permis de mieux adapter ses horaires à ceux de Tatiana, âgée de neuf ans lors du décès de sa mère. Après l'école, Tatiana venait à la Krasnahorske où l'ancienne cuisine du magasin était son territoire. Elle y faisait ses devoirs ou mettait des disques, jusqu'à la fermeture du magasin.

Le garçon déposa sur la table une baguette de pain au sésame finement coupée et un pot de pâte bistre. Jacques Piette se prépara une tartine.

— Du tarama ? s'étonna-t-il.

— La nouvelle Prague ! répondit Pavel Kutman en souriant. Nous aurions pu avoir tout faux : trahir notre architecture et rester fidèles à la cuisine tchèque. Heureusement, nous avons fait l'inverse !

Ils rirent.

— Avez-vous refait votre vie ?

— Je ne l'ai pas refaite, au sens où vous l'entendez. Mais j'en suis satisfait. Je me suis bien occupé de Tatiana. C'est pour elle que vous êtes ici.

— Quel lien avec le manuscrit ? demanda Jacques Piette.

— D'abord, faites-moi part de vos premières conclusions, je suis impatient, vous le comprendrez. Je vous parlerai de ma fille plus tard.

— Votre manuscrit est authentique.

Il souriait, épiant son ami par-dessus ses lunettes en demi-lune.

Pavel Kutman reçut l'information sans broncher.

— Jugement définitif ?

— Définitif. J'ai d'abord consulté l'Institut de police scientifique de l'université de Lausanne. En Europe, il fait autorité. Ses experts ont procédé à trois analyses. La première touchait à l'instrument d'écriture. La lettre a été écrite avec un crayon graphite. On peut affirmer que le crayon utilisé n'est pas contemporain, mais rien de plus. Un faussaire aurait pu trouver un crayon assez vieux pour qu'il ne comprenne aucun des additifs synthétiques que l'on mélange aujourd'hui au graphite. La deuxième analyse portait sur le papier. Elle a montré qu'il est ancien, mais là encore, un faussaire aurait pu mettre la main sur un papier d'époque, imiter l'écriture de Kafka, et composer la lettre. Enfin, l'Institut a procédé à une analyse de l'écriture, qu'il a confiée au professeur Aita Khanmy, une experte de réputation mondiale.

— Une étude graphologique ?

— Justement non !

Il regarda Kutman avec enthousiasme, ne prit pas garde à sa mélancolie, et poursuivit du même élan.

— Dans une analyse d'écriture, le seul souci est de définir l'identité de l'auteur, pas ses traits de caractère ! L'expert décortique le graphisme, compare au modèle et conclut.

L'excitation gagnait Piette. A soixante-dix ans passés, sa capacité à s'enthousiasmer était intacte : décrire le protocole de l'expertise, le nuancer, mettre en lumière ses faiblesses et ses finesses, tout cela le comblait. Sa joie se confondait avec le processus, s'intensifiant à mesure que les hypothèses s'enchaînaient et se renforçaient pour finalement se confirmer. Il adorait cette sensation grisante de la découverte et, s'il s'était agi d'un manuscrit de troisième ordre, sa jubilation n'aurait pas été plus contenue.

Face au sourire de son ami, l'antiquaire se dit qu'il n'avait jamais vu une bouche plantée de si grandes dents. Il associa cette image au donjon d'un château fort, mais cette observation ne suffit pas à lui ôter sa tristesse. L'enthousiasme de l'expert l'enfonçait dans son chagrin à mesure de ses explications, et il dut faire un effort pour maintenir une marque d'intérêt dans son regard.

— Alors ?

— Aucune discordance significative n'a été observée avec les nombreux écrits que l'on a de Kafka. Le professeur Khanmy estime que le document est authentique. J'ai son rapport. Elle n'émet qu'une réserve et l'explique : comparée au modèle d'écriture de Kafka, la première partie de la lettre présente ponctuellement des différences, alors que le post-scriptum, lui, est parfaitement conforme. La clé se trouve dans le contenu de la lettre : la première partie a été écrite dans un train en mouvement ! Les discordances sont donc naturelles et, pour preuve, elles n'apparaissent plus dans le post-scriptum, écrit alors que le train était à l'arrêt en gare de Genève. L'experte conclut qu'à quatre-vingt-quinze pour cent, la lettre est de Kafka.

— Qu'est-ce qui nous prémunit contre l'hypothèse d'un habile travail de copie ?

— Rien d'absolu, mais voyons la suite. A la conviction de l'experte s'ajoute celle du plus grand critique vivant de Kafka, le professeur Koch de l'université de Wuppertal. Sa relation à l'œuvre de Kafka est si intime qu'il la reconnaît comme une mère distingue la voix de son enfant. Selon lui, les risques qu'il s'agisse d'un faux sont inférieurs à dix pour cent. Au terme des deux analyses, ce que l'on appelle la probabilité composée, c'est-à-dire le risque global que le manuscrit ne soit pas authentique, se monte à moins d'un demi pour cent.

— Donc…

— Donc, au-delà d'un doute raisonnable, vous avez découvert un trésor.

Jacques Piette était hilare. Le regard de Pavel Kutman se perdit dans le vide. Ces feuillets étaient de Kafka, ils en portaient sans doute les empreintes. Ils témoignaient de la rencontre historique et insoupçonnée des deux plus grands écrivains de leur siècle. Jacques Piette observa l'antiquaire et remarqua enfin son désarroi. Il prit un air affairé, laissant à Kutman le temps de se ressaisir, et balaya le restaurant du regard. Sur sa gauche, une colonne d'un mètre de diamètre environ, baguée de laiton et sertie de dorures, s'insérait dans les arcs en ogive du plafond. Trois splendides lustres de cristal de Bohême illuminaient la moitié droite du restaurant, alors que trois gros projecteurs de cinéma, noirs et sobres, faisaient contrepoint dans sa partie gauche. Le contraste séduisait par son audace.

Piette se tourna vers l'antiquaire et lui sourit avec affection.

— A vous maintenant de calmer ma curiosité.

— Il y a trois mois, un de mes amis brocanteur débarrassait un appartement à la Platnerska, dans un immeuble Art déco destiné à la rénovation. On travaille souvent ensemble, et il me considère comme un "premier rang" : je passe en priorité, j'identifie les objets de valeur, et je lui en donne un prix qu'il ne pourrait pas obtenir de ses clients, qui cherchent à se meubler avec trois fois rien. Deux objets attirèrent mon attention. Un petit bronze noir qui représentait une femme accroupie, la tête enfouie dans ses bras, un objet des années trente non signé mais charmant, et d'une très belle patine. Et puis il y avait une sacoche de cuir noir posée au fond d'une armoire. Cette valise m'intéressa pour une raison futile : de mon magasin, j'observe les va-et-vient de l'hôtel Intercontinental, qui se trouve juste à côté. Souvent, les clients de passage achètent des valises. J'imagine qu'au retour d'un voyage, un bagage peut se révéler insuffisant, le linge sale, les achats, allez savoir. Je me fis alors la réflexion que vendre au même client et le bronze et le sac serait un joli coup.

Il n'y a pas de grand homme dans son commerce, se dit Piette avec tendresse, et son ami Pavel Kutman ne faisait pas exception à la règle. L'antiquaire poursuivit :

— J'offris quatre-vingt-dix dollars pour le bronze, dix pour le sac, et m'en allai, content de mes achats. Le lendemain déjà, je vendais la statue cinq fois son prix. L'acheteur, un homme d'affaires allemand, ne voulut pas de la sacoche, et je l'oubliai dans un coin de la cuisine. Des semaines plus tard, elle y était toujours. Je décidai de la lustrer avec un chiffon doux, à la manière des cireurs de chaussures, lorsqu'ils donnent le coup de velours final qui fait briller le cuir comme un miroir. Le sac prit si belle allure que j'entrepris d'en nettoyer l'intérieur. Il était pourvu d'une poche à languette de bien vingt centimètres d'ouverture. J'ôtai la languette de sa bride et vis que la doublure de la poche était décousue. Je n'y accordai pas plus d'attention et y glissai la main. La poche était vide, mais un bruit de papier froissé attira mon attention. Je retirai la main et examinai à nouveau l'intérieur du sac : il n'y avait rien. J'en tapotai le fond et retrouvai le même bruit de papier froissé. Je remis ma main à l'intérieur de la pochette, cette fois-ci entre le tissu décousu et la peau du sac, et l'enfonçai aussi loin que je pus. Je forçai légèrement sur la doublure pour atteindre le fond, et sentis une petite liasse de feuillets sous mes doigts.

— Mon Dieu, dit doucement Jacques Piette pour lui-même.

L'antiquaire poursuivit :

— Je les retirai sans façon et les aplatis de la paume sur la table de cuisine. Il y en avait douze, vous le savez, et j'en entrepris la lecture. Dès la première ligne – *Lieber Max* –, je me dis que la vie réservait de drôles de coïncidences. Je poursuivis et, au bout de trois feuillets, je fus pris d'un frisson. Je sautai à la fin et reconnus le F flamboyant de *Franz*, dont les horizontales partent de la gauche bien avant la verticale, et donnent à l'initiale un air de calligraphie japonaise. Tout Tchèque connaît ce F. Mon cœur battait la chamade. J'étais incapable de lire deux lignes dans l'ordre, je sautais d'un paragraphe à l'autre, me précipitais à la fin, revenais, m'arrêtais au post-scriptum, et ainsi de suite une heure durant, qui sait. Chaque mot, chaque trait m'incitait à croire au miracle. La péripétie du voyage à Paris est historique. Kafka a bel et bien souffert d'une furonculose qui l'a obligé à écourter son voyage. Et puis il y avait le ton, les vibrations, la complicité avec Brod, l'humour, la référence au supplice, l'impasse de sa relation à son père, sa courtoisie exquise à l'égard du voyageur taciturne, tout !

— C'est vrai que celui-là, on aurait dû le remettre à sa place.

— Il venait de perdre sa femme, dit Pavel. Je suis passé par là.

— Je suis un gaffeur impénitent, pardon.

L'antiquaire regarda son ami en souriant et reprit :

— Tout me poussait à croire que la lettre était authentique. Je me souviens du jour : c'était le lundi 18 février, et il devait être trois ou quatre heures de l'après-midi. Je fermai mon magasin, rentrai chez moi et restai assis au salon, sonné comme un boxeur. Vers dix heures, Tatiana rentra de son concert à la salle Týn et me regarda d'un air curieux. Elle fronça les sourcils, me lança un "Tu es sûr que ça va ?", n'attendit pas la réponse, me servit une tasse de thé sur le guéridon du salon et alla se coucher. Je restai assis jusqu'à minuit, puis me mis au lit, éreinté mais incapable de fermer l'œil. Le mardi matin, j'allai faire les fac-similés, puis me rendis chez DHL pour vous envoyer l'original. Voilà, vous connaissez la suite.

— Mais pas le début ! Comment expliquer la présence de la lettre dans la sacoche ?

Piette exhibait de nouveau toutes ses immenses dents.

— J'ai tout d'abord pensé à un vol : Kafka était tétanisé de douleur à son arrivée à Prague. Il aurait aisément pu être délesté de sa sacoche. Du reste, l'idée d'un vol le hantait. Le 20 octobre déjà, il écrivait à Max Brod, qui se trouvait encore à Paris, et s'inquiétait : “Comptez votre argent pour voir si je ne vous ai pas volé.” Mais cette hypothèse ne cadre pas avec l'image de Kafka. Si une telle aventure lui était arrivée, il l'aurait analysée, décortiquée, et aurait fini par conclure qu'il était seul responsable du vol.

— Sinon ?

— Les choses auraient pu se passer plus simplement. Kafka était très malade à son départ de Paris, il a souffert le martyre tout au long du voyage. Imaginons son arrivée : il est fébrile, épuisé, endolori, il souhaite ranger sa lettre, farfouille dans sa valise pleine, croit trouver l'ouverture de la poche intérieure, force le chemin et insère les feuillets à même le cuir. Quelques jours plus tard, il se souvient d'avoir écrit une lettre, la cherche, ne la trouve pas, et se dit qu'il a dû l'égarer dans le train…

— Vous savez, dit Jacques Piette, en définitive, seul compte le document lui-même. Cette lettre est d'une valeur exceptionnelle. Elle nous révèle une rencontre inouïe. Elle annonce surtout deux textes essentiels de Kafka. La *Lettre au père*, écrite neuf années plus tard, qui reprend la problématique esquissée par Proust. L'image de la herse, que Kafka utilise pour décrire les souffrances que lui causent ses furoncles, se retrouve dans *La Colonie pénitentiaire*. Souvenez-vous, la herse qui va et vient, l'élément central de la machine à supplices…

Pavel Kutman hocha la tête :

— Je ne sais comment vous exprimer ma gratitude.

Les deux hommes se jaugèrent brièvement. Pavel Kutman héla le garçon qui vint tout de suite. Se souvenant de l'épisode du garçon récalcitrant au Train-Bleu, ils rirent brusquement d'une pensée complice.

— Je suis émerveillé par mon autorité, dit Pavel soudain joyeux.

— Sans vouloir me vanter, à Paris nos garçons sont plus coriaces, répondit Piette.

— Allons marcher, dit l'antiquaire.

Ils prirent à droite jusqu'au pont Charles et descendirent sur Malá Strana. Pavel Kutman guida son ami jusqu'à une longue bâtisse couleur pêche, chargée d'ornements rococo. C'était l'ambassade de France. Les yeux de Jacques Piette se brouillèrent d'un coup.

— A l'époque, ce petit square me rappelait toujours la place Fürstenberg. Merci de m'avoir accompagné.

— Maintenant, c'est la place Fürstenberg qui me renvoie à Malá Strana chaque fois que j'y passe.

Ils s'assirent sur un banc, face à l'ambassade.

— Mála Strana. J'ai toujours pensé que ce nom contenait un message secret pour nous autres linguistes, reprit Jacques Piette. Je sais qu'en tchèque cela signifie "le petit quartier", mais pour moi cela voudra toujours dire *un male strano*, un "mal étrange". Flâner dans ces rues me plonge dans une mélancolie délicieuse ; allez savoir pourquoi !

— Tiens, nous voilà nostalgique ! dit Pavel. Prague commence à faire son effet…

Le regard de Piette se perdit sur la façade de l'ambassade.

— C'est vrai. Cela me chagrine de voir Prague briller comme un sou neuf. Il y a vingt ans, tout y était gris et triste, mais la suie nous épargnait ce côté opérette viennoise. Allons, je suis un idiot qui boude son plaisir ! Parlez-moi de la suite, Pavel. Que souhaitez-vous faire du manuscrit ?

— Combien peut-il valoir ?

— Difficile d'être définitif. Une vente aux enchères se prépare comme une campagne militaire, et les circonstances jouent un rôle décisif. Les grandes maisons éditent de somptueux catalogues qu'elles envoient à des acheteurs dont elles connaissent les goûts et les faiblesses. Les catalogues sont là pour glorifier l'acheteur autant que l'objet… Les directeurs de ces maisons sont habiles, à la fois gens du monde et bons vendeurs, ils suivent le marché au millimètre, sans relâche. Leur bonne information est l'atout capital : telle collection majeure présente-t-elle, par exemple, un "trou" ? Le collectionneur pourrait alors être prêt à payer le prix fort. Tel autre collectionneur vient-il de faire récemment un achat important ? Celui-là risque d'être rassasié. Tout cela permet d'affiner les estimations. Les grands collectionneurs ne sont pas nombreux. Que vous dire à ce stade ? La valeur de votre manuscrit pourrait se situer entre cent vingt-cinq et deux cent cinquante mille dollars.

Piette observa son ami. Pavel Kutman accueillait ces chiffres avec détachement.

— Vous auriez espéré plus ? demanda Piette.

— Jacques, je ne souhaite pas vendre le manuscrit, ni le garder : je souhaite l'échanger.

— Contre quoi, mon Dieu ?

— J'ai un commerce modeste, mon magasin est sale et encombré. Mais dans ce fouillis mes clients ont le sentiment de dénicher des occasions. Je ne suis pas bon vendeur mais je connais les objets, je sais en faire ressortir la part de mystère. En dépit des apparences, je gagne très bien ma vie. J'habite un bel appartement et, sans être riche, je n'ai pas vraiment besoin d'argent.

— Alors tout va bien !

A nouveau il affichait ses dents comme à la parade.

— Alors je souhaite que ce manuscrit permette à Tatiana d'avoir sa chance.

— Expliquez-moi.

D'un coup l'expert avait le sourire gauche de celui qui a peur de ne pas comprendre.

— Tatiana est soprano dramatique. Elle a une voix, mais surtout elle "est" sa voix, elle se nourrit d'elle autant qu'elle la nourrit. Vous penserez que comme tout parent d'artiste je me fais des illusions, que je prends mes désirs pour la réalité. Pourtant, je sais que Tatiana a l'intuition des grandes chanteuses, spontanée, presque sauvage, celle qui permet de saisir une situation et de vivre un personnage avec une justesse absolue. Cet instinct dramatique de la voix est la marque des plus grandes. C'est grâce à lui que le public accède à l'émotion. Sur le plan technique, Tatiana possède tous les ingrédients du succès : sa voix est puissante sur toute sa tessiture, ses aigus sont impressionnants, et ses graves sont solides comme du roc. Mais il ne s'agit que d'ingrédients. Une grande voix doit être domptée, polie, et la sienne est encore un diamant brut.

— Je comprends, dit Piette sans sourire.

— A Prague, aucun professeur de chant ne pourra la préparer à une carrière internationale. Et puis, aux grands opéras de Wagner ou de Strauss, son répertoire naturel, on préfère ici Mozart, moins coûteux à monter, ou alors le répertoire tchèque, bien sûr. Tatiana se contente de petits rôles à l'opéra, ce qui arrive environ une fois l'an, mais elle n'a jamais réussi à décrocher un récital à la salle Smetana. Elle chante à la salle Týn, deux ou trois soirs par semaine, pour les touristes... A Prague la musique est devenue de la prostitution artistique. Tatiana y perd son temps et ne progresse pas. Elle gagne sa vie en enseignant le chant au lycée de Petrìn, et à continuer ainsi, dans dix ans rien n'aura changé. Et ce sera trop tard...

— Je comprends, répéta Piette.

— Le lendemain du 18 février, j'étais dans un piteux état : une nuit blanche quand on a soixante ans, cela ne pardonne pas. Comme chaque matin Tatiana vint me rejoindre pour partager un café noir. Elle n'était pas en meilleure condition que moi. Chanter à la salle Týn la noie de honte, vous n'imaginez pas la médiocrité ambiante. Ce matin-là, la tristesse se lisait sur son visage, tous les muscles en étaient affaissés. Elle éclata d'un coup en sanglots. Je la levai de sa chaise, la serrai contre moi, et nous restâmes ainsi une longue minute accrochés l'un à l'autre. Je ne l'avais plus tenue comme cela depuis la mort de sa mère. Puis je lui dis de se rasseoir, que nous avions à parler. Je la mis au courant, pour le manuscrit, et promis que s'il s'avérait authentique, il servirait d'abord à l'aider dans sa carrière. Tatiana se leva, m'écrasa dans ses bras, et sans un mot partit pour le lycée de Petrìn. Depuis, nous n'avons plus abordé le sujet. J'attendais de vous voir. Voilà. Ma fille doit avoir sa chance, même si, après tout…

L'antiquaire arrêta sa phrase et eut une mimique fataliste.

— Vous dites ?

— Après tout, cette histoire ne pourra déboucher que sur de la tristesse.

— Là, je ne comprends pas, dit Piette gauchement.

— C'est simple. Si elle échoue, elle sera une ratée. Si elle réussit, sa vie sera celle d'une Tzigane. C'est la destinée des chanteurs : ils perdent à tous les coups.

— Allons, vous noircissez le tableau. Votre manuscrit vaut beaucoup, vous pourrez l'aider.

— Le vendre pour lui payer des cours à Paris ou à Vienne trois années durant ne m'intéresse pas. La carrière est si aléatoire… Faire antichambre ne garantit rien.

Jacques Piette reposa son regard sur la façade rococo.

— Pouvez-vous m'aider ? reprit Pavel.

— J'ai peut-être une idée.

L'expert réfléchit quelques instants puis reprit :

— Connaissez-vous Genève ?

— A vrai dire, j'y ai passé vingt-quatre heures, il y a cinq ans de cela.

— Pour moi, Genève est un paradoxe, une ville à la fois brillante et secrète. Ses citoyens sont ouverts, curieux du monde et généreux ; mais sur leurs gardes. Je crois qu'ils se méfient de leurs succès plus que de leurs échecs. La ville est le reflet de cette contradiction, elle craint le péché d'orgueil autant qu'elle désire la réussite. C'est peut-être ce qui la rend si résiliente, attachante aussi. Tout y est contradictoire. D'apparence tranquille, elle vit sous tension. J'y ai mes meilleurs clients. Quatre collections uniques au monde s'avoisinent sur la rive gauche du lac. La plus prestigieuse est logée sur les coteaux de Cologny. Elle rassemble des trésors par milliers, la Bible de Gutenberg, le plus ancien manuscrit de l'Evangile de Jean, ou encore la planche d'imprimeur où Proust a, de sa main, biffé *Les Intermittences du cœur*, qu'il a remplacé par *A la recherche du temps perdu*. On y trouve aussi le carnet de laboratoire de Marie Curie, un petit cahier bleu, sur lequel elle a consigné les premières observations qui la conduiront à la découverte de la radioactivité. J'ai tenu ce petit cahier bleu entre mes mains. J'avais la chair de poule. Tout y est touchant : la pensée, la prose, la calligraphie… La beauté à l'état pur. Celui qui a rassemblé cette collection était un industriel zurichois appelé à Genève par la Croix-Rouge internationale pour y organiser l'envoi de livres aux prisonniers durant la dernière guerre. Elle appartient aujourd'hui à une fondation dont s'occupent quelques citoyens bénévoles. Les Genevois appellent cela le travail de milice. Chez eux, c'est une tradition et toute la vie culturelle fonctionne selon ce principe : rendre le privilège d'être bien né.

— La cité antique, dit Kutman.

— Je n'y avais jamais pensé, mais c'est un peu cela, un lieu dépassé par sa portée. La collection de Cologny n'est d'ailleurs pas un cas unique. Non loin de là, un grand commerçant a collectionné les chefs-d'œuvre de la littérature érotique, par exemple le manuscrit des *Cent vingt journées de Sodome* que Sade a écrit en lettres minuscules, à peine lisibles à l'œil nu, lors de son enfermement à la Bastille. Le manuscrit est roulé comme une Torah. Cela permettait à Sade de le cacher entre deux pierres de sa cellule. Dans une belle demeure de la vieille ville, B., un banquier encore jeune, collectionne les originaux de la littérature française. On y trouve un exemplaire de la première édition des *Fables*, dédicacé par La Fontaine. Et je vous le donne en mille, à Fouquet ! C'est sans doute cette collection-là que je préfère : l'ensemble est harmonieux. Je contacterai peut-être B. plus tard, si ma première idée échoue. Car pour votre manuscrit, je pense à un autre collectionneur, un homme qui me déconcerte…

— Est-ce le collectionneur ou sa collection qui vous déconcerte ?

— Une collection répond à un besoin profond, elle dévoile un caractère. Cet homme rassemble des lettres manuscrites d'écrivains du XXe siècle. Y a-t-il un lien entre elles ? Franchement, je ne sais pas, il n'y a là aucun livre, uniquement des lettres signées, des messages personnels, c'est étrange… Vous savez, tout collectionneur est un passionné !

— Quelqu'un qui souffre ?

— Forcément ! La seule question est de savoir combien, dans quel repli de sa mémoire se cache sa douleur, à qui s'adresse son cri… Allez savoir… Mais revenons à votre manuscrit : le collectionneur auquel je pense est très engagé dans les institutions musicales de sa ville. A Genève, la musique est partout.

— Comme à Prague ?

— Oui et non. Elle s'adresse aux Genevois, pas aux touristes. Ils se retrouvent en elle, dans cette cohabitation étrange entre éclat et humilité.

— Je m'en remets à vous, dit Pavel Kutman.

Les deux hommes se dirigèrent vers le pont Charles. Place de la Vieille-Ville, Jacques Piette quitta son ami qu'il serra dans ses bras. Dix minutes plus tard, il arrivait à son hôtel, *Le Paris*, où de sa chambre il pouvait admirer le Palais municipal. Sa construction, encore en cours en 1910, avait piqué la curiosité de Kafka au point de le pousser, malgré les douleurs d'une furonculose aiguë, à s'arrêter au Train-Bleu, bâti quelques années plus tôt selon le même principe, à base de structures métalliques.

III

UN COLLECTIONNEUR GENEVOIS

La douleur s'annonçait dès le premier exercice, vers la vingtième flexion des genoux. A la trentième, elle tirait si fort sur les muscles des cuisses qu'elle se transformait en brûlure. Armand Hugues, heureux de pouvoir la surmonter et d'arriver à quarante sans ralentir le rythme, s'accordait alors une minute de repos et reprenait son programme : cinquante abdominaux, et pour finir cent pompes, faites en deux fois cinquante. Il aurait pu les aligner d'une traite, mais l'exécution des dix ou vingt dernières eût été discutable, alors qu'ainsi, toutes étaient accomplies à la perfection. Chaque matin pendant douze minutes, Armand s'imposait une douleur qui l'apaisait.

Sur une petite feuille accolée à son rasoir électrique, il reconnut avec plaisir l'écriture de sa fille.

Tu dois rappeler Jacques Piette.

Charlot.

Charlotte devait son surnom à sa mère, Anne-Catherine, qui se désespérait de voir sa fille de seize ans marcher sans grâce. Jacques Piette voulait sans doute l'informer de la vente du manuscrit de Nietzsche. Il le rappellerait de son bureau.

Il choisit un complet gris anthracite et sourit : “Un beau gris”, avait annoncé la météo. Parfaite coïncidence. Son regard tomba sur l'étiquette intérieure de sa veste : “René Rey-Mermier, tailleur à Genève.” Il se souvint de son premier jour à la banque, vingt ans dans quatre mois exactement. Ce jour-là, son père l'avait amené chez le tailleur. Ce dernier avait accueilli Armand comme une récompense. “Un bleu et un gris, deux unis”, avait dicté son père. “Pas de rayés ?” avait risqué le tailleur. La question était restée sans réponse. René n'osa pas revenir à la charge. Tantôt penché, tantôt à genoux, il prenait ses mesures, ne cachait pas sa fierté et se répandait en compliments. Xavier Hugues décrivait les étapes de la formation de son fils comme si le tailleur devait l'engager. Armand buvait l'humiliation en silence. Lorsque son père fut parti, il choisit les tissus avec René, deux unis.

Armand se décida pour une cravate de soie tricotée couleur framboise et la posa sur la veste du complet. Elle était sobre et elle tranchait. Il s'installa devant le miroir et la noua. Son image le rassura. Teint mat, yeux bleu très clair, nez aquilin des Tedeschi, la branche maternelle, il avait belle allure.

Pour se rendre de son hôtel particulier rue Bellot au siège de sa banque, face au Victoria-Hall, Armand devait traverser la vieille ville. Il effectuait ce parcours la mine sévère, comme pour dissimuler sa joie.

Le trajet débutait par une halte. Sous la marquise de son domicile, Armand attendait que la porte cochère cliquette dans la gâche, puis, à cet instant précis, décidait de l'itinéraire qu'il emprunterait. Il s'y engageait comme on pénètre une intimité, sachant qu'il s'y trouverait rassuré. Cette ville était la sienne et il était cette ville, riche, retenue, et fiable.

Les jours de soleil, au printemps ou au début de l'automne, Armand choisissait les allées du parc des Bastions et l'ombre de leurs marronniers. Les jours de mauvais temps, il traversait la place du Bourg-de-Four, puis remontait la rue de l'Hôtel-de-Ville jusqu'à la petite esplanade qui ne portait aucun nom mais dont la disposition suivait toutes les règles de la place à l'italienne. Elle faisait comme un décor de théâtre, avec une cour centrale qui représentait la scène, et en point de fuite les marronniers de la Treille vers lesquels la rue Henri-Fazy se resserrait en trapèze. Le regard tombait naturellement sur le bas de la rue où un portique de pierre créait comme une arche romaine qui renforçait encore la théâtralité du lieu.

Arrivé à l'esplanade, Armand pouvait encore choisir entre Treille et Grand-Rue. Ce 2 mai, il se décida pour Grand-Rue. C'était le plus minéral des trois itinéraires, le plus genevois : inaltérable et sobre. Avec la place à l'italienne, le contraste était fort : la verticalité de ses fenêtres et les tonalités sombres de ses ornements pierreux – des grès ou des molasses – conféraient à la rue une sévérité qui tranchait avec la douceur latine de l'esplanade. Armand aimait cette rigueur, rassurante comme une fugue de Bach. Le trajet lui procurait un bonheur parfait : chaque chose était à sa place, intacte dans sa beauté dure et précise. Il n'y avait jamais grand monde, et Armand accomplissait ce pèlerinage dans un silence presque total.

A hauteur du Montparnasse, il croisa le docteur Claude, le médecin de sa mère. Il lâcha un "Bonjour, comment allez-vous ?", très vite, sans s'arrêter, sans faire cas de la réponse, content d'avoir marqué sa disponibilité. Sa fuite jeta néanmoins un voile sur le plaisir de la promenade.

Armand récapitula ce qu'il avait à faire à la banque, et se souvint qu'il devait rappeler Jacques Piette. Le manuscrit de Nietzsche était une lettre adressée à Paul Rée, expédiée de Sorrente en 1877, quand l'amitié entre Nietzsche et Paul Rée était à son apogée. Nietzsche parlait de son désir de métamorphose, de sa détermination à devenir son propre "moi vivant, son double", même s'il lui fallait pour cela "subir pertes et blessures". Puis il écrivait :

Ich sass alleine auf der Terrasse der Pension Victoria. Alles war

so schön, so leicht, so vollkommen, ich weiss nicht, was mich ankam,

ich erhob mich und versuchte mich in einem Tanzschritte.

Kommen Sie, ich erwarte Sie.

Ihr Friedrich.

J'étais seul sur la terrasse de la pension Victoria.

Tout était si beau, si léger, si parfait, je ne sais pas ce qui

m'a pris, je me suis levé, et j'ai esquissé un pas de danse.

Venez, je vous attends,

Votre Friedrich.

Dans la marge, Nietzsche avait ajouté, de biais : "Jamais je ne me suis senti aussi proche de moi-même."

Curieusement, l'émotion ne vint pas comme à chaque acquisition importante, lorsqu'il lui semblait que le prochain manuscrit magnifierait sa collection. "Trop peu dormi", se dit-il. La veille au soir, il était rentré tard du Grand Théâtre, où sa femme avait présidé la cérémonie annuelle de l'association Le Français pour tous, une organisation de bénévoles qui proposait des cours de langue aux familles de travailleurs immigrés. Elevée dans l'idée du devoir, Anne-Catherine considérait cette association comme son fief, s'y investissait sans compter, et la gérait avec dévouement. Son souhait d'aider les demandeurs d'asile à mieux s'intégrer à la vie genevoise était sincère. Elle tenait aussi à ce que son action soit connue. Ce double désir n'était pas l'effet d'une vanité, mais l'expression d'un besoin profond, celui de marquer son rang, non pas sur l'échelle sociale, ce qui lui était acquis depuis toujours, mais sur celle des bienfaits.

Souvent son souci de bien faire l'emportait sur le devoir de courtoisie, et il était fréquent qu'elle blessât l'un ou l'autre de ses collègues du comité, sans que quiconque bronche pour autant. Il arrivait aussi que son attention fléchisse. Un air de détresse perçait alors dans son regard. Les traits de son visage s'affaissaient, et ce désarroi inattendu et bref pouvait la rendre attachante. Elle était de toutes les manifestations caritatives. Par un mot ou une intervention, elle s'assurait d'avoir été vue. Elle attendait ensuite qu'un obligé la remerciât pour sa générosité, puis prétextait "une soirée importante" et s'éclipsait, soulagée d'avoir pu marquer son rang ; rassurée sur sa place et sa personne. La veille, elle avait su flatter avec habileté, griffer avec le sourire, et faire passer sa condescendance pour de l'amour envers autrui. Son élocution même, impatiente et cassante au quotidien, prenait en public des allures d'éloquence. "Admirable peau de vache", se dit Armand.

Au retour du Grand Théâtre, ils avaient fait l'amour. Anne-Catherine avait cessé de feindre depuis longtemps, mais elle tenait au rituel, suivi à chaque fois d'un silence atroce. Pour Armand, à la fatigue de tels ébats s'ajoutait l'embarras. Il n'arrivait plus à maintenir son désir. Faire l'amour avec Anne-Catherine le déprimait. "Essaie ailleurs !" lui avait conseillé son urologue. Encore fallait-il qu'il en ait envie. Essayer pour flancher de plus belle, c'était risquer le coup de grâce. Armand inspira profondément. La pensée de ne pas avoir à recommencer l'exercice pendant une semaine le consola.

Devant le café *Le Jardin d'Eden*, là où débouche la rue de la Boulangerie, Armand ralentit le pas et jeta un regard sur la gauche. La fille était là, comme tous les matins, brune et ronde, avec quelque chose de Claudia Cardinale jeune, une douceur compatissante dans le regard. Elle servait au comptoir et leurs regards ne purent se croiser, comme cela s'était produit une dizaine de fois et désormais Armand lui faisait presque signe : son regard s'arrêtait sur elle, mais ne s'animait pas, comme si par avance il se prémunissait contre l'embarras d'être découvert.

L'immeuble avait été squatté et la ville, qui en était propriétaire, avait dû négocier le départ des occupants. Le café avait rouvert depuis et Armand n'avait jamais osé y pénétrer. Il lui aurait fallu un toupet qu'il n'avait pas, et pourquoi du reste ? Il n'avait jamais trompé sa femme, sa notoriété l'aurait empêché de le faire discrètement, et puis la fille avait certainement un ami, Portugais ou Espagnol comme elle, sans doute un costaud qui devait travailler dans la restauration ou les chantiers.

Au passage de la Petite-Corraterie, il croisa B., l'un de ses rares amis, collectionneur et banquier comme lui. S'ils se parlaient volontiers de leurs collections, c'est qu'elles étaient très différentes l'une de l'autre. Un véritable projet intellectuel soustendait celle de B., un homme réservé qui parcourait le monde entier à la recherche d'éditions originales de la littérature française. Peut-être était-ce le seul de ses amis auquel il arrivait à exprimer une réelle affection. Ce partage lui procurait toujours un bonheur essentiel. C'était comme si, grâce à B., il arrivait à assembler les fragments épars de sa personnalité, à être aimable sans calcul, à être un tout. Lorsqu'ils se séparèrent, Armand constata que la rencontre l'avait empli de bonne humeur.

*

Des vieux établissements genevois, la banque Hugues & Cie était le plus petit mais aussi le plus ancien. Albert Hugues, réfugié huguenot, l'avait fondé en 1782 à l'âge de trente-deux ans. Au fil des générations, le cercle des associés-gérants s'était élargi à deux autres familles, les Garnier et les Martin, mais la raison sociale n'avait pas changé, et sur la plaque en laiton apposée sur la façade figurait une seule initiale, “H. & Cie”, puis au-dessous : “Banquiers privés depuis 1782.”

Le statut était prestigieux. Il indiquait que la banque était en commandite, à l'ancienne. Il n'y avait ni titres ni actions. Le capital était constitué de la fortune des associés de l'établissement, chacun d'eux étant indéfiniment responsable sur ses biens. La discrétion et l'esprit d'épargne étaient ainsi des valeurs que la forme juridique, “en commandite”, rendait impératives. La banque Hugues était le parfait exemple d'établissements anciens que des générations de banquiers genevois de mêmes familles avaient réussi à protéger des aléas, c'est-à-dire des crises et des succès. "Remettre la maison dans un état un peu meilleur que celui dans lequel on l'a reçue" : ils avaient fonctionné ainsi, de père en fils, soucieux d'apprendre, conscients aussi que leur goût de la réserve était leur force. Au fil des ans, l'informatique n'avait pas remplacé les tableaux de famille et, si l'on utilisait les nouvelles technologies bancaires, c'était à la façon d'un accessoire non essentiel dont on ne se vantait pas – on ne se vantait d'ailleurs pas plus de l'essentiel, c'eût été par trop inconvenant.

*

— Piette.

L'énoncé de son patronyme contenait tout le style Jacques Piette : concis et un brin impatient.

— C'est Armand. Vous me cherchiez.

— Pour deux motifs importants. C'est bon pour le Nietzsche.

— Bravo et merci, dit Armand. Je m'en sors comment ?

— Bravo à vous, vous m'aviez dit deux cents, il est parti à cent quatre-vingt-dix.

A nouveau, Armand fut surpris de ne pas retrouver le sentiment qui le pénétrait quand il avait pu mettre la main sur une pièce unique, une sorte de triomphalisme secret. Jacques Piette ne lui laissa pas le temps d'approfondir.

— Aimez-vous toujours Brahms ?

La voix de Piette était piquante, et il en perçait une liberté de ton, presque une pointe d'ironie, qu'Armand détestait.

— Vous m'offrez le manuscrit de Sagan ?

— Non, bien sûr, mais rassurez-moi : vous occupez-vous toujours de musique ?

— Rien de nouveau : l'Orchestre, le Conservatoire, le Concours.

— Armand, vous souvenez-vous du dernier manuscrit que je vous ai proposé, juste avant le Nietzsche ?

— Les lettres de Rilke ?

— Exactement. Pour sublime que soit ce lot de lettres, ou celle à Paul Rée que vous venez d'acquérir, sachez que ces manuscrits sont peu de chose en comparaison de la pièce que l'un de mes amis praguois m'a fait parvenir. Je voudrais vous en parler.

— Prague, dites-vous ? Un Kafka ? Je ne savais pas que ses manuscrits étaient sur le marché. Ils se trouvent aux mains des héritières de Brod, me semble-t-il.

— Il ne s'agit pas de cela, mais d'une pièce unique, exceptionnelle même. L'original est ici à Paris, entre mes mains, et son authenticité est certaine. Mais ses conditions d'acquisition sont très particulières, je souhaiterais vous en dire plus, mais de vive voix. Quand pouvez-vous me recevoir ?

— Nous sommes jeudi, pourriez-vous venir déjeuner lundi ? Midi trente à la banque ?

— Entendu, dit Jacques Piette.

— Aurez-vous un fac-similé de qualité ?

Armand savait que toute exportation de manuscrit était soumise à autorisation, même si dans la pratique la règle n'était respectée que pour les livres.

— Je suis heureux de constater que vous êtes respectueux des lois françaises…

— Seulement quand leur transgression est inutile, répondit Armand en riant.

— Alors, je vous rassure, dit Piette, le fac-similé est d'excellente qualité. J'aurai aussi la traduction et les expertises.

— Alors à lundi, et bon week-end.

Piette avait-il acquiescé à l'idée qu'il s'agissait d'un Kafka ? Sinon quoi ? Une correspondance de Smetana ou de Janáček ? Un texte de Havel sur la musique ? Aucune de ces hypothèses n'aurait justifié le mystère, Piette était routinier des manuscrits exceptionnels, cela ne pouvait être qu'un Kafka. Incroyable si c'était vrai. Du coup, Armand sentit le désir remonter en lui.

*

Vers dix-neuf heures trente, Armand était de retour rue Bellot. Il trouva sa femme à la bibliothèque du premier étage, en conversation téléphonique animée avec sa sœur à qui elle rendait compte de la soirée au Grand Théâtre.

— Une seconde, Marie-Louise. Armand, ta fille te cherche, je te laisse te débrouiller avec elle, tu as rappelé ton expert ? Je parle avec ma sœur, on dîne bientôt, Teresa nous a préparé un délicieux gratin.

Anne-Catherine Hugues avait prononcé les cinq phrases en un rien de temps. Elle les avait expulsées de sa bouche, des chapelets de mots impatients, à peine esquissés, susurrés, suçotés, offerts en bousculade dans un mélange de négligence et d'impatience. Sa bouche restait presque close, et cette réduction de surface semblait augmenter encore le débit, ce qui était assumé avec fierté, façon de dire : "Pas que ça à faire, mon lapin." Ainsi, "Je te retrouverai tout à l'heure au salon" se transformait en "… trouverai… t'à l'heure… salon". L'interlocuteur non averti n'avait d'autre issue que de deviner ou battre en retraite.

Marie-Louise était l'avocate la plus redoutée de Genève en matière de divorces et racontait sans doute ses derniers exploits à sa sœur cadette.

— Félicite-la de ma part, lança Armand.

Avant de fréquenter Anne-Catherine, Armand avait été gratifié d'un court flirt avec sa sœur. Ils s'étaient retrouvés ensemble en première année de droit. Marie-Louise était grande, belle plutôt que jolie, et sûre d'elle.

— Qu'est-ce que tu fais ce soir ?

Elle avait pris l'initiative, ils étaient sortis deux fois, s'étaient embrassés, caressés sur les habits, et Marie-Louise mit un terme à la relation aussi brutalement qu'elle l'avait initiée : elle jaugea Armand, n'y trouva pas d'écho à la mesure de son tempérament, et le présenta à sa sœur cadette.

Armand quitta la bibliothèque et emprunta l'escalier qui menait à l'étage. Charlotte devait guetter ses pas, car à peine parvint-il sur le palier qu'elle ouvrit sa porte d'un grand coup. Elle était courte de taille, presque râblée, comme d'une pièce, avec un visage sombre illuminé seulement de ses yeux d'un bleu très clair. Ses traits, réguliers mais épais, laissaient soupçonner une grande force physique. Avec ses cheveux noirs, coupés court et très bouclés, elle avait l'air d'un petit faune.

— Papa ! Tu as eu mon message ? Son débit était aussi rapide que celui de sa mère. Elle n'attendit pas la réponse : Qu'est-ce qu'il te voulait, ton monsieur Piette ? Il a téléphoné deux fois ! Il te plume, je parie.

— Ta mère m'a dit que tu voulais me voir.

— On lit *Le Procès* en philo. Tu ne penses pas que Kafka aurait pu séjourner à Genève ?

Kafka était donc partout…

— Incognito ? demanda-t-il.

— Tu ironises comme toujours, c'est fou, tu ne crois pas qu'il ait pu vivre à Genève sous un autre nom, comme réfugié juif ?

Armand s'assit sur le lit de sa fille :

— A l'époque, les juifs de Prague ne se réfugiaient pas à Genève, ma chérie, et encore moins sous des noms d'emprunt, mais pourquoi cette question ?

— Tout ce qu'il écrit, papa, c'est tellement Genève.

Elle avait prononcé "tellement" en insistant sur la première syllabe et en fermant les yeux.

— Tu es sûre de ce que tu avances ? Kafka était un homme malheureux qui a écrit sur le malheur. Franchement, à Genève…

Charlotte interrompit son père.

— Regarde *Le Procès*, ici page 154 : "Surtout, ne pas attirer l'attention." C'est pas Genève, ça ?

Armand sourit.

— Papa ! Tu le sais bien ! Ici on a honte de tout ! On est même fier d'avoir honte ! Tout est secret, caché, enfoui ! Le fric, les sentiments, les émotions, tout est planqué, tout est honteux ! Ecoute les derniers mots du livre : "Comme si la honte devait lui survivre." Il ne pouvait pas mieux vous décrire !

— Donc, dit Armand en regardant sa fille, Kafka était à Genève. Il a travaillé dans la banque ? Chez qui ?

— Tu te fiches de ce que je dis…

— Il y a honte et honte…

Charlotte regarda son père avec méfiance :

— En clair ?

— Nous n'éprouvons pas la même honte que les héros de Kafka !

— Tu philosophes, maintenant…

— Réfléchis, voyons (le ton d'Armand se fit impatient) : Kafka porte le fardeau d'un peuple persécuté depuis des siècles. A Genève, nous ne sommes pas si malheureux…

— Tu veux dire que nous sommes honteux… et heureux ? Je ne comprends rien à ce que tu racontes, papa.

— Ce n'est pas si simple, mais au fond, c'est un peu ça. Nous ne nous sentons pas vraiment coupables. Disons – Armand se concentra sur sa pensée, et reprit –, disons que nous appelons la culpabilité à notre secours. Voilà.

A son tour Charlotte resta un instant pensive, le regard perdu :

— C'est vrai, ça, dit-elle très lentement, mais pourquoi ?

— C'est simple : le succès mène à l'orgueil, et l'orgueil mène à la ruine. S'il y a un danger qu'on a compris à Genève, c'est celui-là. On lui répond par la culpabilité, on la cultive. C'est elle qui nous permet de résister à la malédiction du succès. C'est la douche froide qui nous sauve, en quelque sorte ! Elle nous garde lucides.

— Au fond, coupa Charlotte, il vaut mieux se sentir coupable et rester riche qu'être orgueilleux et s'appauvrir ?

Armand observa sa fille avec fierté.

— C'est assez bien résumé, dit-il en souriant. Et maintenant, viens manger, Teresa nous a…

Charlotte interrompit son père :

— Je voudrais passer un week-end au chalet avec Eric.

Elle prononça la phrase très vite, puis se figea tout entière pour guetter la réponse de son père. Elle s'était ramassée, le regard attentif. Armand hocha lentement la tête :

— C'était donc ça… Kafka en hors-d'œuvre, manière de dire que si la réponse est non…

— Papa, tout le monde le fait.

— La réponse est non.

Le ton d'Armand s'était soudain glacé.

— Papa, pourquoi ? C'est hypocrite, c'est lâche, toi et maman vous vous fichez de mon bonheur.

— Tu ne peux pas vivre à seize ans une vie de femme adulte.

Le ton était sans appel. Charlotte leva vers son père un regard brouillé :

— Tu ne comprends rien ! C'est parce que je ne suis pas adulte que je veux passer un week-end avec Eric. Parce qu'après, ce sera comme toi et maman, j'aurai un mari collectionneur, je m'occuperai des pauvres, et je me consolerai en disant des méchancetés sur mes meilleures amies.

— Charlotte, ta mère et moi…

Son regard se durcit :

— Grand-papa était dur avec toi, et tu te venges.

— Ce n'est pas vrai, tu sais que ce n'est pas vrai, dit Armand. D'un coup, il était battu. Il reprit : Je me préoccupe beaucoup de toi, tout ce qui te concerne m'importe infiniment.

— Tu ne te préoccupes que de ta collection, de ton monsieur Piette qui ne fait qu'acheter avec ton argent des trucs qui coûtent une fortune, mais de moi, tu te fous complètement.

Charlotte s'assit, enfouit sa tête dans ses bras et se mit à sangloter. Armand s'approcha de sa fille, posa sa main sur ses cheveux et se mit à jouer avec ses boucles. Ce geste inhabituel lui causa un court vertige. Il retira sa main.

— Qu'est-ce qui compte pour toi ?

Charlotte leva le visage et regarda son père avec violence à travers ses larmes.

— Qu'on m'aime comme je suis, qu'on ne me juge pas. On se moque sans cesse de moi.

— Ta mère et moi nous t'adorons, dit doucement Armand.

Il avait reposé sa main sur les cheveux de sa fille.

— Vous m'adorez ! Maman m'appelle Charlot parce que je marche comme une gourde et ça la gêne devant ses copines qu'elle déteste. Toi, tu te moques de moi à tout bout de champ. Et au collège on m'appelle Juanita parce que j'ai l'air d'une Mexicaine.

Armand se remit à jouer avec les mèches, la caressant à l'arrière de sa tête, là où le crâne rejoint la nuque. L'émotion revint, plus douce cette fois.

— C'est important, ce week-end avec Eric ? Il a besoin d'altitude pour te dire qu'il t'aime ?

Charlotte se remit à sangloter.

— Tu vois, tu recommences ! Un jour, tu verras, je vivrai ma vie comme je l'entends.

— Si c'est aussi important, allez-y. Mais vous ferez le voyage en train, c'est ma condition.

Charlotte sauta d'un bond dans les bras de son père, le serrant à l'étouffer.

— Papa, je t'aime tant, si tu savais.

Elle se remit à pleurer, plus fort encore à l'annonce de la permission qu'à son refus. Enlacé à sa fille, Armand ne comprit pas pour quelle raison il avait si vite cédé.

*

Charlotte avait cessé de sangloter.

— Maman nous attend, dit Armand.

— Je n'ai pas faim, papa, vas-y, s'il te plaît, dis-lui pour Eric.

Armand descendit à la salle à manger et s'assit face à Anne-Catherine. D'un petit geste nerveux, elle faisait basculer son couteau de part et d'autre de sa lame tout en le maintenant dans son axe. Paupières mi-closes et sourcils relevés, elle posa sur son mari le regard irrité de ceux qui subissent et veulent que cela se sache.

— On entendait ta fille jusqu'ici, j'espère que tu as été ferme.

Armand choisit de repousser à plus tard l'aveu de sa défaite et chercha la diversion.

— C'était très bien hier soir.

Anne-Catherine le regarda avec dédain :

— Au Grand Théâtre ou au lit ?

— Mais les deux, voyons !

— Mais ni l'un ni l'autre, mon pauvre ami, tu le sais bien.

Elle attendit une réponse qui ne vint pas, puis reprit :

— Tu pourrais au moins avoir le courage de tes opinions.

— Mais pas du tout !

— Arrête de protester, c'est irritant à la fin. Tu n'as pas d'estime pour ce que je fais, je ne suis pas sotte.

C'est faux, se dit Armand. Pas d'amour, pas le même amour qu'avant, mais de l'estime, oui. Il se contenta de protester sans force :

— La cérémonie était très réussie, et après j'ai eu du plaisir, tu l'as bien vu.

— J'en suis heureuse pour toi.

Le ton était glacial.

— Je ne te comprendrai jamais, dit Armand, agacé tout à coup, pourquoi tant de hargne ?

— Peut-être parce que tu ne me comprendras jamais, précisément.

Teresa entra dans la salle à manger et leur présenta le plat à gratin en passant discrètement derrière leur dos. Ils se servirent, puis Teresa posa le plat sur la table et quitta la pièce.

IV

LA RELECTURE

Sur la table acajou du salon Samuel-Hugues, deux grands sous-plats en argent massif, gravés d'un H en caractère anglais, étaient posés chacun sur un napperon de lin blanc et encadrés de couverts en acier mal assortis. Une soie gris perle habillait les murs, noircie çà et là par des auréoles qui rappelaient l'accrochage d'anciens tableaux. Deux gravures coloriées de Hess, représentant l'une la rade de Genève vue des Eaux-Vives et l'autre le coteau de Cologny, révélaient l'attachement des associés à leur ville.

Armand tardait, et Jacques Piette observait la pièce à loisir. Il la connaissait bien. Elle était agréable, accueillante, mais présentait des ruptures esthétiques si évidentes à ses yeux qu'elles en devenaient incompréhensibles, presque gênantes. Soudain il eut la conviction que ces désaccords étaient intentionnels, que tout dans le salon, les auréoles autant que les couverts inox, avait été pensé avec intelligence et maîtrise, dans le propos d'annoncer à la fois le goût de l'épargne et celui du succès. Ici, se dit Piette, l'humilité est cultivée, la beauté tolérée, la volupté impardonnable. Il afficha un sourire de victoire : l'énigme des décalages esthétiques du salon Samuel-Hugues ne lui avait pas résisté. Il était content.

Sur les grands sous-plats était posé un épais carton ivoire orné d'un H doré, sur lequel il lut :

Déjeuner
du lundi 7 mai
en l'honneur de
M. Jacques Piette

— C'est trop ! s'écria-t-il en faisant un geste des deux mains, alors qu'Armand passait la porte.

Le ton de Piette eut pour effet d'irriter Armand. Il pourrait au moins avoir la reconnaissance du ventre, se dit le banquier, qui répondit d'un ton réservé :

— Laissez-nous au moins cela ! Si les banques privées ne savaient pas recevoir, où irait-on ? Pardonnez mon retard. Content de vous voir, Jacques, mais dites-moi vite, de quoi s'agit-il, je meurs de curiosité.

Armand s'assit. Jacques Piette sortit une grande enveloppe brune de son porte-documents, et en disposa le contenu sur la table.

— C'est un manuscrit de Kafka, une lettre qu'il a écrite à Max Brod dans le train du retour, lorsque, en 1910, une furonculose l'obligea d'écourter son voyage à Paris. J'ai ici le fac-similé de la lettre, sa traduction française et les expertises.

— Donnez-moi le fac-similé, dit Armand, tendu.

C'était presque un ordre. Jacques Piette lui tendit la liasse. Armand lisait mal l'allemand. Après avoir déchiffré les deux premiers feuillets, il jeta un coup d'œil hâtif au reste des pages, vérifia que la signature était bien celle qu'il espérait et posa les feuillets à droite de son assiette.

— Je n'arrive pas à y croire.

Il secoua la tête très lentement et regarda l'expert d'un air méfiant.

— Comment cette lettre vous est-elle parvenue ?

Piette raconta l'aventure du manuscrit. Armand l'écouta sans l'interrompre. Le manuscrit était hors norme et l'occasion unique dans une vie de collectionneur. Il alla droit au but :

— Combien ?

— Le manuscrit n'est pas à vendre.

— J'avoue ne pas comprendre.

Piette exposa le projet de Pavel Kutman. A la fin, Armand, extrêmement concentré et silencieux, regarda Piette à la manière de celui qui a fait le tour du problème.

— Deux questions se posent. D'abord, au sujet de la jeune chanteuse : que vaut vraiment sa voix ? Est-il encore temps d'agir ? A-t-elle la patience et l'humilité que le métier exige ? Et puis, surtout : que puis-je offrir ?

Jacques Piette sortit une seconde enveloppe de son porte-documents. Il en retira un enregistrement et une photographie. Sur le cliché noir et blanc, une jeune femme fixait fermement l'objectif du photographe, sans sourire, la tête penchée à droite. Ses yeux grands et légèrement bridés avaient une expression fulgurante, hostile. Son nez était fin et droit, et ses cheveux, retenus en queue de cheval, dégageaient un visage aux pommettes saillantes. Armand arrêta son regard sur la bouche ourlée.

— Elle a l'air d'être très jolie, dit Armand, mais on ne peut pas dire qu'elle cherche à plaire.

— J'ai gardé le souvenir d'une fillette renfermée, plutôt gauche. Je ne l'ai pas revue lors de mon récent voyage à Prague. Elle avait sept ans lorsque nous sommes partis de Prague, il y a vingt ans. Je reconnais l'expression, méfiante plus que farouche, vous ne croyez pas ? C'est vrai qu'elle n'a pas l'air commode !

— Le monde lyrique d'aujourd'hui attache une importance de premier plan au physique, dit Armand. Mais chaque chose en son temps. L'enregistrement nous fournira une première impression. Admettons qu'elle ait une voix, qu'elle ne l'ait pas grillée et qu'il ne soit pas trop tard pour la travailler, reste la deuxième inconnue : que puis-je offrir ? Au mieux, je peux l'aider à s'inscrire au Concours de chant de Genève. Il a lieu les années paires, il y aura donc une finale cette année, fixée au 5 décembre. Y faire admettre votre chanteuse ne présentera aucune difficulté. Admettons qu'elle y gagne un prix. Cela ne constitue pas une garantie de carrière. Il y a trente ou quarante ans, le Concours de chant de Genève était quasiment le seul grand concours de la planète. Aujourd'hui, il y en a un nombre impressionnant. Vous savez, les municipalités du monde entier ont compris le bénéfice qu'elles peuvent tirer d'événements culturels. Un concours est moins cher à organiser qu'une saison symphonique. Et puis il offre le plaisir de la découverte, c'est plutôt sympathique. En résumé, le Concours de Genève n'est plus seul…

— Alors ? dit Jacques Piette.

— N'allons pas trop vite : s'il n'y a pas de voix, personne ne pourra rien pour votre chanteuse. Qu'adviendrait-il alors du manuscrit ?

— Sa vente se fera par Christie's ou Sotheby's. En cas de mise aux enchères, vous seriez sur les rangs, mais sans longueur d'avance. La maison que Kutman retiendra pourrait aussi lui conseiller d'opter pour une vente de gré à gré, une "vente privée", comme on dit. L'issue en serait encore plus incertaine. Vous connaissez les collectionneurs d'outre-Atlantique, ils sont imprévisibles. Si la transaction reste secrète, ils croient s'acheter une destinée personnelle et sont alors prêts à débourser des montants stupéfiants. Je les juge en disant cela, et j'ai tort. Ils paient à hauteur de ce que le manuscrit leur offre, c'est tout. Mais nous n'en sommes pas là. Pavel Kutman est convaincu du grand talent de sa fille. Que décidez-vous ?

— Parlez à votre ami. Faites-lui part de mes réserves. Si après vous avoir écouté il est toujours dans les mêmes dispositions, j'irai très vite le voir, et bien sûr écouter sa fille.

Jacques Piette replaça les documents dans leurs enveloppes et les tendit à Armand. Les deux hommes se quittèrent. Dès son arrivée à la gare de Cornavin,

Jacques Piette appela Pavel et lui résuma sa discussion. La franchise d'Armand eut d'abord pour effet de conforter l'antiquaire. Sa réaction était celle d'un honnête homme, et Pavel Kutman en fut rassuré. Mais elle dévoilait aussi les faiblesses de la solution proposée : Armand Hugues était-il à même de dynamiser le Concours de Genève en quelques mois ? Quelles garanties pouvait-il fournir ? La solution semblait dépendre entièrement de lui.

— Qui est cet homme ? demanda Pavel Kutman.

— Un banquier, fils, petit-fils et arrière-petit-fils de banquier, dans la grande tradition genevoise. Un homme habité par l'idée du devoir, désireux de toujours maîtriser les événements.

— A vous entendre, un homme parfait…

— Rassurez-vous, dit Piette en riant. Son besoin de perfection le rend un peu mélancolique, il peut être cassant. Je lui suis très attaché, mais il ne me traverserait pas l'esprit de lui en faire part, il ne le comprendrait pas.

— Auriez-vous un conseil à me donner ?

— Laissez-moi réfléchir… Armand Hugues entretient avec la séduction un rapport ambigu. Il la pratique, à sa manière, et en même temps il s'en méfie. Soyez d'une franchise absolue, cela le mettra en confiance. Je lui dirai de vous appeler.

Les deux hommes se saluèrent. De retour à son domicile, Piette appela Armand. Il le trouva de bonne humeur. Il avait écouté l'enregistrement :

— Elle a une voix, c'est incontestable, dit-il à Piette. Il faudra voir ce que cela donne sur scène, mais j'avoue que je commence à y croire. J'appellerai votre ami dès demain, je vous tiendrai au courant.

Et si l'affaire se faisait ? Son cœur se mit à battre la chamade. Il deviendrait peut-être une figure de référence dans le monde des collectionneurs, son nom serait sur toutes les lèvres. Cette éventualité lui parut à sa portée. Il lista mentalement les obstacles qu'il aurait à franchir et conclut qu'il pourrait en venir à bout. Le goût délicieux d'acquérir un objet rare lui revenait. Il pensa à son père. Lorsque douze ans plus tôt il lui avait parlé pour la première fois de sa collection, la réplique de son père avait été implacable : "Une façon coûteuse de s'ennuyer", avait laissé tomber Xavier Hugues. Jusqu'à sa mort sa position était restée la même : collectionner était coûteux et narcissique, le péché était double.

Les temps avaient changé. Jamais Xavier Hugues ou son père Albert n'auraient pu rassembler une collection de l'envergure de celle d'Armand. Deux siècles de dur labeur produisaient d'un coup des dividendes inouïs. La banque privée venait de vivre deux décennies fastueuses. Ailleurs, l'heure était à la consolidation. Les grandes banques commerciales changeaient de nom, de dirigeants ou d'actionnaires à chaque printemps. La banque genevoise attirait par ses méthodes à l'ancienne, sans coup d'éclat ni de Bourse. Armand gagnait beaucoup d'argent.

Devant un manuscrit aussi exceptionnel que la lettre de Kafka, son père aurait-il pensé autrement ?

— C'est prêt !

L'appel de Charlotte le fit sursauter. Il se rendit à la cuisine. Sa fille avait dressé deux couverts et fait bouillir des tagliatelles.

— La sauce est de Nonna, dit Charlotte.

— Un *pesto*, et nous voilà déjà en Italie, dit Armand.

La perspective de la gloire à venir l'avait rendu joyeux. Elle s'annonçait élitaire et lui offrirait une notoriété nimbée de la modestie que dégagent les manuscrits des grands hommes. La satisfaction narcissique serait habillée d'humilité.

Il était resté debout et observait les gestes de sa fille avec tendresse. La vie le gâtait. Tout à coup il en était intimidé.

— Nonna n'est pas italienne, papa, elle est triestine, nuance ! Elle m'a dit un jour que Trieste était plus proche de Prague que de Naples.

Charlotte retira la casserole de sauce de la plaque chauffante.

— Tiens, dit Armand, Prague ! Comment ça s'est passé ?

Elle égoutta les tagliatelles, y fit couler la sauce au basilic, puis enfila un gant et sortit du four les deux assiettes qu'elle avait mises à chauffer. Elle les plaça et ils s'assirent.

— Je me suis fait huer, dit-elle en servant son père. Le prof a été assez sympa, il a dit un truc du genre : "Il y a quelque chose dans votre analyse, elle mériterait d'être approfondie", mais j'ai été chahutée par la classe. Quelqu'un m'a lancé : "Tu craches dans la soupe !"

Elle se servit.

— Tu t'attendais à autre chose ? Quand on est privilégié comme on l'est à Genève, on se sent un peu coupable, c'est naturel.

Il garnit sa fourchette et happa les tagliatelles goulûment.

— Tes pâtes sont délicieuses.

La conversation l'amusait. Charlotte regarda son père d'un air impatient :

— Tu crois qu'être honteux, c'est un bon truc ? Une recette pour préserver son confort ?

Charlotte ne mangeait toujours pas. Il avait à nouveau la bouche pleine. Il fit un geste de la main, se dépêcha d'avaler, déglutit, et dit vite après :

— C'est une façon de garder les pieds sur terre…

— Alors, pour être heureux, il faut commencer par être malheureux ? Tout ça est tellement nul, papa !

— Tes copains ont raison, fit-il en riant, tu craches dans la soupe.

Charlotte regarda son père ébahie.

— Mais papa, si c'est comme ça, rien ne changera jamais ! Tout sera toujours contrôlé ! C'est nul, cette vie, papa ! C'est une vie de clone ! Ce n'est pas la vraie vie ! Tu es heureux d'être le clone de ton père ?

— Charlotte, reste polie !

La jeune fille était au bord des larmes. Armand tenta de se rattraper.

— Ecoute, j'ai essayé de te parler en adulte et d'analyser…

— Adulte ! Encore adulte ? C'est ça, être adulte ?

Charlotte quitta la cuisine en claquant la porte. Trois secondes plus tard elle l'ouvrit avec violence, regarda son père et lui lança :

— En tout cas, moi, je ne veux pas être le clone de maman !

La porte claqua à nouveau. Armand resta immobile devant son plat de pâtes. Après quelques minutes, il se leva, se fit un thé, se rassit en attendant qu'il refroidisse, l'oublia et finit par le boire froid. Soudain, il pensa au manuscrit. Il quitta la cuisine, s'installa à la bibliothèque et entreprit la lecture des documents qu'avait laissés Jacques Piette. Il n'eut pas le courage de reprendre le déchiffrage du fac-similé et se décida pour la traduction française. Au fil de la lecture le plaisir revint, si vif qu'il se décida pour une relecture. Mais le bonheur qu'il avait ressenti un instant plus tôt avait disparu. Au contraire, Armand ressentit un embarras inexplicable qui, au fil des pages, se transforma en inquiétude, puis en angoisse. Il perdait pied, et, à la lecture du dernier feuillet, un sentiment d'effroi le saisit comme si on le vidait de son sang.

Armand regardait, hébété, glacé, les feuillets dispersés sur la table basse. Cet homme cassant et accablé, le compagnon de route de Kafka, qui pouvait-il être sinon Albert Hugues, son grand-père paternel ? La lettre était datée du 17 octobre 1910. Son père Xavier était né le 6 octobre de la même année, et sa grand-mère Marù, Maria-Eugenia, mourait en couches à sa naissance.

Albert Hugues avait fait la connaissance de Marù alors qu'il était déjà fiancé à Victorine Perrin, une Genevoise de famille, diplômée de l'Ecole ménagère et cavalière élégante. Victorine montait ses chevaux chaque été à la propriété de ses parents à Jussy et Albert la rejoignait parfois, selon le travail.

Marù était mexicaine. Elle avait la peau mate, des lèvres très ourlées et des yeux brun clair immenses. Elle passait l'été de l'année 1908 en famille à l'hôtel Beau-Rivage. Une fin d'après-midi de juillet, la jeune fille se perdit dans les hauteurs de la vieille ville. Albert Hugues l'aperçut de loin qui faisait le tour de l'église Saint-Germain, hésitant sur le chemin à suivre. Baragouinant le peu d'anglais qu'il avait appris au collège, il tâcha de la renseigner, mais la vieille ville était tortueuse, la jeune fille n'y comprit rien et il l'accompagna jusqu'au pont du Mont-Blanc. Le regard princier de la jeune fille l'avait désarçonné, sa grâce aussi. Marù portait sa beauté comme si elle n'avait aucun poids. Albert Hugues tomba amoureux d'elle dans l'instant, insista pour la revoir, lui fit une cour dans les règles et, fin août, annonça à Victorine qu'il souhaitait rompre.

Lorsque deux ans plus tard Marù décédait en couches, certains y virent un juste retour à l'ordre des choses. Dans un restaurant des Rues-Basses, Albert entendit un jour ces mots : “Elle aurait pu prendre le gamin avec.” C'était Edouard Perrin, un cousin de Victorine.

Armand alla en cuisine et se servit un verre d'eau qu'il but debout, appuyé contre l'évier. Il observa les restes du repas. La soirée se terminait en désastre. Il repensa au manuscrit. Il y avait autre chose. Dans sa conversation avec Proust, Kafka avait indiqué le nom de son employeur et, à l'arrivée du train à Genève, son compagnon de voyage le félicita du choix de cette maison qu'il affirma bien connaître. Le détail lui confirma qu'il s'agissait d'Albert : la Generali avait été fondée à Trieste par les Tedeschi di Castelnuovo, la famille de sa mère. C'était par la Generali que ses parents s'étaient connus. Albert y avait envoyé son fils Xavier pour y effectuer un stage en 1933.

Armand retourna à la bibliothèque, s'assit sur le canapé et observa les feuillets de la traduction éparpillés sur la table basse. Tous, à l'exception d'un seul, étaient empilés sur sa gauche, côté verso. La dernière page était posée à droite, exposée à la lecture. Armand la parcourut. Le mot "Jonction" accrocha son regard. La Jonction. Bien sûr qu'il s'agissait de son grand-père. La Jonction, où son père aimait tant se promener. Chaque détail pointait vers une même certitude : Albert Hugues avait croisé Kafka.

Armand feuilleta les deux expertises, entreprit une troisième lecture de la traduction, l'acheva dans un état d'immense fatigue et monta se coucher. Il n'avait jamais soupçonné que son père ait pu faire l'objet d'une haine aussi féroce. On ne lui en avait rien dit, bien sûr. Connaître cette profonde détestation l'aurait pourtant aidé, sa vie en aurait été plus légère. Il resta éveillé jusqu'au petit matin, puis sombra dans un court sommeil. Il en sortit épuisé. Malgré la fatigue, il fit ses exercices, ce qui lui procura un instant de détente. Il descendit à la cuisine et ne vit nulle trace de Charlotte.

*

— *E stata una bellissima* Traviata*.

Livia Hugues avait pris le bras d'Armand qu'elle serrait de ses doigts comme le feraient cinq petits filins d'acier. Ses cheveux blanc neige coiffés en chignon, ses yeux bleu très clair, sa maigreur et sa petite taille lui donnaient un air de chose fragile. Elle l'était. Surtout, elle était étrangère au monde qui l'entourait. Lorsque en 1934 Livia Tedeschi di Castelnuovo quitta Trieste pour venir à Genève y épouser Xavier Hugues, Suzanna, qui travaillait au service de ses parents depuis toujours, insista pour que sa fille Lia, alors âgée de quinze ans, l'accompagnât. Au fil des ans, Lia lui était devenue une sorte de gouvernante pour qui travail et vie privée s'étaient fondus. Les deux femmes se soutenaient dans une ville qui n'était pas la leur. Au début, elles caressaient l'idée qu'un jour elles seraient de vraies Genevoises, mais au fil des ans leur sentiment d'exil s'était accru. Elles vivaient leur vieillesse à deux et la meublaient du mieux qu'elles pouvaient, à se promener au parc des

* C'était une très belle *Traviata*.

Bastions ou dans les Rues-Basses, se tenant par le bras, prenant le thé au Bourg-de-Four, ou jouant à la canasta. Le dimanche elles assistaient à la messe de l'église Saint-Germain, la paroisse catholique-chrétienne de Genève, à deux pas du Grand-Mézel, déjeunaient ensuite dans l'un des restaurants de la vieille ville, puis allaient à la première séance au Rex où l'un des trois films leur convenait toujours.

Le Lyrique était bondé. Armand Hugues avait réservé une table au restaurant français. L'endroit était tranquille et propice aux confidences. Mais sa mère, qui n'avait pas faim, insista pour s'asseoir côté brasserie, où ils obtinrent une petite table coincée entre la paroi vitrée de la terrasse et le chariot des pâtisseries.

— *Ti ringrazio**, Armando.

Les soirées d'opéra lui rappelaient la Trieste de l'entre-deux-guerres. Sa vie réunissait alors toutes les facettes du bonheur : l'amour de parents unis, le confort exquis réservé à la grande bourgeoisie et l'atmosphère insouciante d'une ville ouverte. Petite fille déjà, Livia accompagnait ses parents au Theatro Verdi. Ils y avaient une loge pour les spectacles donnés en matinée, les samedis ou les dimanches. Au retour, la famille s'arrêtait au Caffè degli Specchi**. Tout le monde y connaissait tout le monde et on y mangeait une glace ou une pâtisserie

* Je te remercie.

** Le café des Miroirs.

avant d'affronter la *bora*, le vent hurlant, qui obligeait chacun à s'agripper aux cordages disposés aux coins des rues. Dans la froidure et les éclats de rire, soudés comme un bloc, Livia et ses parents remontaient alors la via Tigor jusqu'à la via dei Giustinelli, transis et ravis d'avoir tant peiné.

*

— Qu'est-ce que tu as ? La vieille dame posa ses yeux bleus mi-clos sur son fils. J'ai remarqué, dit-elle en souriant très doucement.

Armand comprit. L'histoire était de celles qui marquent pour toujours. Un jour qu'il avait six ans, son père l'avait amené en promenade à la Jonction en compagnie d'Ernesto, le fils de Lia. Les deux garçons avaient décidé de faire une course. Armand avait facilement gagné et s'était mis à brailler : "Ernesto l'escargot, Ernesto l'escargot" sur tous les tons, fou de joie à l'idée d'avoir pu briller aux yeux de son père. Xavier Hugues l'avait pris de côté, s'était accroupi de façon que leurs yeux soient à même hauteur, avait posé ses mains sur les épaules du garçon, et dit : "Tes joies n'intéressent personne. Tu les gardes pour toi. Quand ça t'arrive, tu retiens ton souffle, tu serres les mâchoires et tu comptes jusqu'à dix." Xavier Hugues avait maintenu son regard sur son fils avec insistance et Armand avait eu si peur qu'il avait uriné dans son pantalon. Son père avait feint d'ignorer la tache et l'odeur, et ils étaient rentrés tous trois place du Grand-Mézel, chacun enfermé dans son chagrin.

Au fil des ans, l'injonction de son père s'était transformée en réflexe, puis en une sorte de jeu, presque une coquetterie. Sitôt qu'Armand anticipait une émotion, il s'emplissait les poumons, serrait les masséters et à dix laissait filer son souffle. Le petit mouvement des mâchoires que sa mère avait aperçu un instant plus tôt l'avait trahi.

— Pourquoi as-tu épousé papa ?

— Quelle idée de me poser cette question maintenant. Livia Hugues dévisagea son fils avec curiosité : Qu'est-ce que tu as, Armand ?

Il lui conta l'histoire du manuscrit et lui cita le post-scriptum mot pour mot. Elle l'écouta avec la sérénité de ceux qui savent et, à la fin, se mit à pleurer en silence, le visage impassible.

— *Non volevo**, dit Armand.

— Je n'ai jamais retrouvé l'homme qu'était ton père à Trieste. Tu sais qu'il était venu faire un stage dans notre compagnie. Nous venions d'emménager via dei Giustinelli, la maison était grande, papa avait pris tout l'étage. On s'y perdait. Tu sais que mes parents et Albert étaient amis de chasse. Ils avaient décidé que ton père logerait chez nous. Je me souviens de son arrivée. C'était le 30 août 1933. Papa avait été l'accueillir à la gare, je les revois tous les deux entrant au salon. Ton père était si beau, très brun.

* Je ne voulais pas.

— Court de taille, dit Armand en souriant.

— *Zitto** ! Il était magnifique.

A nouveau ses yeux s'emplirent de larmes. Elle souleva sa tasse, la tint un instant suspendue, puis la reposa sans y avoir touché.

— Et si sérieux, si mélancolique... Je suis tombée amoureuse de lui comme on tombe d'une falaise... Plus je le découvrais gauche, scrupuleux de tout, plus mon amour pour lui grandissait. Maman l'a compris tout de suite, comme si c'était écrit sur mon front. La tristesse de ton père l'avait aussi touchée. Elle a laissé les choses suivre leur cours. Puis, au fil des semaines, ton père s'est fondu en nous, comme s'il s'étonnait qu'il pût exister des repas où chacun était heureux d'être là. Un mois plus tard, il s'était métamorphosé. Le soir, c'était lui le boute-en-train, il était affectueux avec tous et chacun l'adorait. Nous avons décidé de nous marier très vite, car il devait rentrer à Genève. Nous nous sommes installés au Grand-Mézel, mais il n'a plus jamais retrouvé sa gaieté de Trieste.

Elle s'arrêta et secoua la tête :

— C'est terrible de connaître une enfance très heureuse. On sait que rien ne sera jamais aussi beau, alors on se retrouve prêt à tout accepter sans livrer bataille. Nous avons voulu un enfant très vite, j'ai fait deux fausses couches, et puis, tu le sais, j'ai fait une dépression. Après ta naissance, j'ai pensé alors que les choses allaient s'arranger,

* Tais-toi.

mais ce fut le contraire. Ton père s'est encore plus barricadé. Afficher la moindre émotion l'aurait déshonoré. La plus petite imperfection était un péché mortel, il voulait toujours que tout soit impeccable, c'est cela qu'il voulait toujours être, impeccable, tu comprends, *impeccabile, senza peccato*, sans péché. Livia secoua la tête en signe d'incompréhension, puis ajouta : *Una vita di angoscia, era lì il peccato**.

Elle regarda son fils.

— *Sei sempre più bello***. Tu fais toujours tes exercices le matin ?

— Toujours.

— Toujours les mêmes ?

— Toujours, maman.

— Avec Anne-Catherine, ça va ?

— Ça va, maman, rien de nouveau.

— Tu n'aimes pas que je te parle d'Anne-Catherine. C'est une femme très seule.

— *Dai, mamma*, elle dit des méchancetés sur toi et tu prends sa défense.

Sa mère fit non de la tête. Il y eut un instant de silence, puis elle ajouta :

— Elle dit des méchancetés mais elle n'est pas méchante, elle est malheureuse. *E una signora.*

La tolérance de sa mère à l'égard d'Anne-Catherine révoltait Armand. Il préféra changer de sujet.

* Une vie d'angoisse, c'était là le péché.

** Tu es toujours plus beau.

— Dis-moi plutôt : tu as aimé l'opéra ?

— Tu sais ce que chante le père Germont à la deuxième strophe ?

De sa voix de vieille dame elle se mit à chanter très doucement :

Il tuo vecchio genitor
Tu non sai quanto soffrì

Tu ne sais pas combien
A souffert ton vieux père

Armand souriait d'un air moqueur.

— Tu ris. Mais ton père était comme Germont, un homme qui voulait être fier de son fils. Mais il s'interdisait le plaisir de cette fierté, il avait honte de montrer son bonheur, il n'y pouvait rien. Il n'était pas doué pour les sentiments. Mais il t'aimait.

Armand aida sa mère à se lever. Dehors l'air était doux et ils entreprirent de monter au Grand-Mézel à pied, par la Tertasse. Livia resserra de ses petites tenailles le bras de son fils.

— Le chagrin est passé ? demanda Armand.

Ils étaient devant les marches du Grand Théâtre. Sur la place Neuve la circulation avait complètement cessé.

— Il passe et il revient, répondit sa mère. C'est la vie.

V

LA PROPOSITION

Dans l'appartement de l'antiquaire, l'entrée, le salon et la cuisine, peints en gris et blanc, étaient d'un seul tenant. De larges planches de bois cérusé recouvraient le sol, d'où partait une grande poutre, peinte en noir, qui séparait la cuisine du salon. De son trait oblique, elle marquait la rigueur géométrique de l'appartement. Avec le désordre du magasin de la Krasnahorske, cela faisait contraste, et il était difficile d'imaginer qu'un même homme habitait ici et travaillait là. Une heure avait passé depuis l'arrivée d'Armand.

— Votre fille a une voix rare.

Pavel Kutman déglutit d'émotion à l'écoute du compliment. Il ne répondit pas. Armand reprit :

— Ce qu'elle chante est vécu, il suffit d'entendre son *Croce e delizia* pour s'en convaincre. Depuis quand a-t-elle arrêté le Conservatoire ?

— Il y a plus d'une année.

— Et l'enregistrement date de quand ?

— Trois ou quatre mois, répondit Pavel.

Il était nerveux. Il se leva :

— Je refais du thé.

Il remplit la bouilloire, se tenant debout, bras croisés, à attendre que l'eau frémisse. La grande poutre oblique séparait les deux hommes, mais elle n'empêchait pas le contact visuel. De son canapé, Armand lança :

— J'ai réfléchi à ce que je pourrais apporter à la carrière de votre fille. Je voudrais vous faire une proposition, sous réserve, bien sûr : il faut que je l'écoute chanter.

— Oui, je comprends.

Pavel Kutman versa l'eau très chaude dans la théière, s'assit et les resservit. Il regarda Armand. Il se sentait las.

— Je vous écoute.

— Votre manuscrit peut atteindre des sommets. Piette parle de deux cent cinquante mille dollars, mais ce chiffre pourrait être dépassé. Très récemment, six feuillets manuscrits de Borges se sont vendus aux enchères à plus du double de leur estimation initiale. Christie's menait la vente pour laquelle une institution genevoise a déboursé près de cent soixante-dix mille dollars, et la surenchère n'a étonné personne.

— Je suis au courant pour le Borges, dit Kutman. Je l'ai lu il y a quelques semaines.

Sa voix était faible, comme s'il était écrasé de fatigue ou que la proposition qu'allait lui faire le banquier ne l'intéressait plus. Il hésita et prit le temps d'une gorgée de thé. Sur la soucoupe et sur la tasse, des myosotis étaient peints. Le service, un Ginori, lui était resté d'un client italien qui avait ainsi réglé un solde dû sur un tableau. Il avait ramené le service chez lui pour en débarrasser son magasin. Quel âge avait Tatiana lorsqu'il reçut le Ginori ? Il y avait bien douze ans de cela. Elle devait avoir quinze ans. Il se reprit et soutint le regard d'Armand aussi fort qu'il put.

— Je vous écoute.

— D'abord, je vous verse deux cent mille dollars. Quoi qu'il arrive, ce montant sera pour vous. Et je m'engage à aider votre fille. Voilà, ce sont les deux volets de ma proposition. Si le concert de demain confirme son talent, si elle reprend des cours, elle obtiendra sans peine une place honorable à un bon concours. Il s'agira de bien choisir. De nombreux concours ne sont qu'une émanation des conservatoires locaux. Ceux-là ne présentent pas d'intérêt.

— Et celui de Genève ?

— Le Concours de chant de Genève est un concours ancien, il fait partie des meilleurs. Sa finale a lieu au Victoria-Hall, une salle mythique. Elle est retransmise à la télévision dans une demi-douzaine de pays.

— Quelles seraient les autres options ?

— Quelques concours ont un retentissement de même ampleur : Toulouse, Bruxelles, Bordeaux, quelques autres encore. Mais aucun n'offre la réponse parfaite, la garantie que la carrière du vainqueur est lancée. Si votre fille choisit celui de Genève, je m'emploierai à ce que sa prochaine édition ait un retentissement inhabituel, nous verrons bien ce qui est possible. Un dernier point. Si vous acceptez ma proposition, les choses devront se passer de la façon suivante : aussitôt que la dernière candidate en finale aura terminé sa prestation, et quel que soit le classement de votre fille, Jacques me remettra votre manuscrit. Jusque-là, l'original restera dans son coffre et aucun nouveau contact ne sera pris par vous. Personne, j'insiste, personne n'aura ni le manuscrit, ni le fac-similé, ni la traduction sous les yeux. Je fais de ce dernier point une condition expresse.

— Je vois, dit Pavel Kutman.

De nouveau, sa voix était faible.

— Jacques m'a dit qu'au Concours de Genève, vous étiez l'un des dirigeants, je ne sais plus exactement, pourriez-vous m'en dire plus ?

— Mes compétences sont celles d'un simple membre du conseil de fondation. Mais j'ai le droit d'essayer de convaincre mes collègues… Vous savez, à Genève, l'art de la démocratie est cultivé à l'extrême et l'on en arrive parfois à n'avoir rien pu faire après avoir réussi à mécontenter tout le monde. Mais ne soyons pas pessimistes ! L'idée d'un concours est-elle bonne ? Je crois que oui. En cas de succès, votre fille passerait rapidement du statut d'inconnue à celui de chanteuse qui a un avenir. Mais il faut pour cela que le concours soit un événement… Sinon, à quoi bon ?

— N'est-ce pas déjà le cas ? s'inquiéta Pavel Kutman.

— Comparé aux autres concours, oui. En tant qu'événement médiatique, oui. De là à marquer le monde de l'art lyrique… Il faut être réaliste. Je crois qu'on peut en faire quelque chose, nous verrons… Mais surtout, il y a une autre condition : votre fille devra s'y préparer d'arrache-pied !

A nouveau Pavel Kutman laissa son regard flotter sur les myosotis. Ce projet le dépassait.

— Vous vous interrogez et je comprends, dit sobrement Armand. Voici ce que je vous propose : que votre fille vienne s'installer à Genève dès la fin d'août. Elle pourra occuper l'ancien appartement de concierge, dans l'immeuble où nous habitons. Je mettrai à sa disposition un maître de chant, à raison de cinq heures par semaine. Il conviendra de le choisir avec soin. Enfin, son quotidien sera assuré par une bourse que ma banque lui accordera, comme elle le fait chaque année pour un certain nombre d'artistes méritants. Nous aurons ainsi mis tous les atouts de notre côté pour que sa préparation soit aussi poussée que possible.

— Et pour le Concours ?

— La qualité d'un concours se mesure à plusieurs critères : les prix offerts, la publicité, la retransmission à la télévision, tout cela compte. Mais le critère principal est la qualité des membres du jury, et c'est là que le bât blesse. Les jurés ont souvent une notoriété, mais, si j'ose dire, pas celle qu'il faut.

— La nuance m'échappe, dit Kutman.

— Ce que cherchent les lauréats, ce sont des occasions d'exercer leur art. Or, un chanteur à la retraite, un ancien directeur de salle qui meuble ses loisirs en participant à des jurys, un professeur de talent reconnu en tant que tel, tous ces gens jouissent de notoriété, ils honorent les jurys auxquels ils participent, mais pour aider à lancer une carrière, il faut une notoriété qui soit d'une autre nature. Un juré idéal doit avoir du pouvoir ! Il doit être capable de marquer la carrière du lauréat, de l'engager, ou de le recommander avec une autorité si indiscutable que son appui sera reçu comme une injonction.

— Où est la difficulté ?

— Un concours dure une dizaine de jours ! Tout le problème est là ! Un grand professionnel en pleine activité ne pourra jamais réserver une telle tranche de temps pour autre chose que sa propre carrière. Pour aider les jeunes talents à éclore, il faut être philanthrope... Les artistes aiment partager leurs émotions, pas leurs succès... Quelques grands chanteurs, Pavarotti, Domingo, par exemple, ont bâti des concours de toutes pièces, mais leur propre médiatisation affaiblit la crédibilité de la manifestation et l'exercice se dilue.

L'antiquaire quitta lentement son canapé, fit quelques pas dans le salon, puis se rassit face à Armand.

— A vous écouter, le problème n'a pas de solution.

— J'ai beaucoup réfléchi à ce problème, répondit le banquier. Il faudrait qu'un concours fonctionne avec un double jury, une sorte de fusée à deux étages. Un premier jury pour les épreuves éliminatoires, et un jury prestigieux pour la finale, formé de personnalités de premier plan, qui entre deux avions viendraient s'adjoindre au jury initial, le temps d'une soirée de gala.

— La voilà, la solution !

— Bien sûr, s'exclama Armand, cela semble évident, mais elle est contraire à la déontologie artistique ! Un jury doit être à même de suivre ses candidats sur toutes les épreuves. Et puis attirer des personnalités n'est pas si facile ! Les grands du monde lyrique ont des agendas de ministre…

— La quadrature du cercle, dit Pavel Kutman. Alors, pourquoi Genève ? Pourquoi pas Toulouse ou Bruxelles ?

— Parce qu'à Genève, je suis chez moi. Je peux agir ! Peut-être…

Armand fit une pause puis reprit :

— Je crois que mon idée mérite d'être creusée. Elle sera délicate à faire accepter à mes collègues, mais…

— Mais ?

— Mais j'ai peut-être une chance d'y arriver. Je vous demande de me laisser un peu de temps.

— Envisageons l'autre hypothèse : si la voix de ma fille n'a pas l'heur de vous plaire ?

— Sa voix est l'ingrédient essentiel de tout le projet, attendons demain.

— J'insiste : si vous estimez que l'ingrédient fait défaut ?

— Alors vous reprenez votre liberté d'action.

Pavel Kutman resta un long moment silencieux.

— Pourquoi collectionnez-vous ? demanda-t-il soudain au banquier.

— Par vif intérêt, cher monsieur, très vif intérêt, dit Armand, piqué par l'indiscrétion de l'antiquaire.

— Oserais-je demander : intérêt de quoi ? insista Kutman.

— Je serais ravi d'en discuter avec vous en détail à une prochaine occasion, et sans doute m'aiderez-vous à y voir plus clair.

Le ton d'Armand était glacial. Kutman regretta sa question. Piette lui avait conseillé d'être franc, se dit Pavel, pas indiscret. Armand avait maintenant hâte que la discussion se termine.

— Pour l'heure, je vous propose de nous rencontrer après-demain matin. Nous ferons le point à ce moment-là. J'aurai écouté votre fille, et je lui aurai parlé. Nous nous voyons après le concert au café Slava.

— Je suis au courant, dit faiblement Kutman. Il semblait épuisé. Si cela vous convient, je viendrai vous trouver à neuf heures à votre hôtel. Nous verrons si nous pouvons aller de l'avant.

La réserve de l'antiquaire irrita Armand. La conversation avait assez duré. Il fit mine de se lever, mais Kutman resta assis, et d'un mouvement de sa main invita son interlocuteur à reprendre son siège.

— Ai-je raison de tout entreprendre pour que ma fille devienne chanteuse ?

Armand regarda l'antiquaire d'un air surpris :

— Je ne suis pas sûr de bien vous comprendre…

— Voyez-vous, il y a chanteur et chanteur. La plupart sont des *Stimmbesitzer*, des “propriétaires d’une voix”, qui gagnent leur vie en chantant. Eux ne se consument pas, ils gèrent leur talent, et peut-être qu’ils sont les seuls à le faire avec sagesse… Et puis il y a les autres, ceux qui ne peuvent imaginer de vivre en dehors du chant, qui brûlent dans leur art, Dieu sait pourquoi, pour se protéger du monde, sans doute. Ils se jettent dans leurs rôles comme du haut d’un précipice. Pour eux, il n’y a aucun répit. C’est l’exil et l’exode, jamais chez eux et jamais arrivés. Même en pleine gloire, leur vie sera imprégnée d’une tristesse permanente. Tatiana fait partie de ceux-là.

Le ton d’Armand se fit pointu.

— Encore une fois, je ne suis pas sûr de bien comprendre.

L’antiquaire poursuivit :

— Lorsque les mots sont pris dans la voix, dans son grain ou dans ses inflexions, ils perdent une partie de leur sens. Vous le savez bien, on ne comprend pas tout, souvent même on ne comprend rien (il sourit). Cette perte est compensée par une sensation. Rien, dans tout cela, n’est raisonnable. Vous avez une expression en français : “Qu’est-ce que tu me chantes là ?” Le reproche est justifié : chanter, c’est offrir une émotion, c’est donc s’éloigner de la raison. L’artiste écarte ses propres chairs, laisse échapper sa souffrance et la propose en partage. Il y a près de neuf ans, ma fille s’est enfuie avec un amant. C’était son premier, un journaliste américain envoyé par son hebdomadaire pour faire un reportage sur la nouvelle Prague. Cela se passait trois ans après la chute du Mur. Tatiana m'aidait à tenir le magasin et j'ai vu l'affaire se mettre en place. L'Américain était un fanfaron qui convainquit facilement ma fille d'aller passer quelques jours avec lui à Karlovy Vary. Elle me cacha l'escapade, allez savoir pourquoi, mais elle était mineure, alors j'ai appelé la police. Elle les a facilement retrouvés et, deux jours plus tard, l'Américain se retrouvait à la frontière, et ma fille m'était livrée en fourgonnette.

— Nous avons tous nos difficultés avec nos enfants, dit Armand, mal à l'aise.

— J'étais assis au salon à regarder un jeu stupide à la télévision lorsque la police me ramena ma fille. A l'écran, les deux candidats cherchaient des titres de films. L'animateur égrainait des indices qui rendaient la réponse de plus en plus facile. Le présentateur dit : “1952, Buster Keaton et Claire Bloom.” Tatiana, qui était restée debout, ouvrit enfin la bouche : *Limelight*. Les feux de la rampe. La question suivante portait sur un film suédois où il était question de quelque chose de discret. J'ai pensé à Bergman et je me suis lancé. C'était bien *Le Silence*.

— Il se fait tard, je me réjouis de connaître Tatiana.

Pavel Kutman ignora son interlocuteur :

— Ces deux réponses, ces deux mots, c'est le piège du chanteur. Il fait tout pour y tomber. Quoi qu'il fasse, il prépare sa mort. S'il réussit sa carrière, il se consumera sous les feux de la rampe, comme l'insecte grille à la lumière de la lampe qui l'attire ; il y va, c'est plus fort que lui. Et je ne parle pas de la solitude des chambres d'hôtel, des amours auxquelles on ne croit pas, mais quand c'est cela ou rien… S'il rate sa carrière, il cultivera son amertume dans le silence. C'est cela être chanteur, un jeu auquel on perd à tous les coups. Et je fais l'impossible pour y préparer ma fille…

— Auriez-vous l'obligeance de m'appeler un taxi ?

— Pardonnez-moi, dit Pavel Kutman, je me suis laissé aller.

VI

KADDISH

Le Gala Organ Concert de la salle Týn proposait dix-sept pièces de musique transcrites pour petit orgue, violon, violoncelle et soprano, avec pêle-mêle les *Ave Maria* de Schubert, Gounod et Mascagni, *Le Lac des cygnes*, *Les Quatre Saisons* (réduites à *L'Hiver*), le *Laudate Dominum*, la *Fugue* de Bach en *ré* mineur, l'*Adagio* d'Albinoni, le Largo de la symphonie *Du Nouveau Monde*, et bien sûr la *Moldau*, le tout livré aux touristes en une heure et dix minutes, changements de plateau compris et sans entracte. Une moyenne d'à peine quatre minutes par morceau, un record.

Accrochés aux flancs des quatre premiers rangs, les écriteaux marqués “Réservé” étaient efficaces. La salle était bondée, mais les places restaient vides, comme celles qu'à l'occasion d'un enterrement on réserve aux proches du défunt, et qui d'un coup se remplissent lorsque la famille surgit en silence d'une petite porte latérale pour prendre place devant l'autel.

Armand s'installa au sixième rang, en bordure de l'allée centrale. Elle le séparait d'un couple d'Américains. La femme, qui occupait la place côté couloir, se défit d'emblée de ses mocassins de verni rouge, fit jouer ses orteils et poussa un soupir de bien-être. L'*Ave verum corpus* démarra. Armand était gêné par la chaleur, énervé par l'Américaine, et irrité par l'incertitude de ce qui l'attendait.

Tatiana apparaissait au deuxième morceau. Armand reconnut les traits, mais la robustesse de la jeune femme le surprit. Elle mesurait bien un mètre soixante-quinze. Elle était mince, mais large d'épaules, et sa façon d'assumer son corps, bras nus et tête haute, lui donnait une allure d'athlète. Elle portait un chemisier bleu ciel assorti à un pantalon corsaire qui, à hauteur du mollet, venait toucher le double laçage de ses sandalettes.

L'organiste plaqua son accord et Tatiana attaqua le *Laudate Dominum*. Sa voix était immense, noire, peu faite pour la vocalise, d'une puissance inouïe, une voix naturelle qui remplissait la salle baroque à la faire trembler. Ses aigus, trop pointus, trahissaient le manque de technique. Mais son interprétation était authentique, offerte sans effort. A la seconde où elle se mit à chanter, sa puissance physique se transforma en grâce. Elle bougeait très peu, vivait sa mélodie, s'adressait au spectateur, l'interrogeait, restait suspendue à ses lèvres comme si elle attendait une réponse. Seule sa façon de poser le pied gauche sur le côté intérieur de la sandalette, au moment de fortes sollicitations de son souffle, ou de plier son pouce gauche en l'appuyant sur la face intérieure de l'index, laissait transparaître une tension.

Dès les premières notes, Armand comprit que Tatiana Kutman pouvait prétendre à une très grande carrière. Les grandes chanteuses se reconnaissent vite : elles ont tout. Tatiana Kutman avait tout. La voix, une présence physique, l'émotion authentique, l'intuition dramatique, le sens de la scène, tout. Curieusement, cette conviction eut pour effet d'irriter Armand davantage. Il émanait de la chanteuse quelque chose d'indomptable.

La salle applaudit à tout rompre le *Laudate Dominum*. Tatiana chanta six autres morceaux en alternance et, après la dernière pièce du concert, l'*Ave Maria* de Mascagni, le public se leva. La jeune femme ne répondit qu'à un seul rappel, et lorsqu'elle salua, ce fut sans grâce.

*

Dix minutes à pied séparaient la salle Týn du café Slava, sur la Karlova. La nuit était tombée et Armand apprécia l'air frais du soir qui faisait contraste avec l'atmosphère moite du petit théâtre. Soucieux de retrouver son chemin au retour, Armand se repéra sur l'embranchement de la Krizovnicka et de la Platnerska, évitant les ruelles du quartier Josefov. Il marcha d'un pas rapide, respirant et expirant à grands coups, et lorsqu'il arriva au café Slava, le malaise qui le taraudait durant le concert s'était dissipé. Il traversa la longue salle, repéra *Le Buveur d'absinthe* et choisit une table à proximité immédiate. Le tableau était si imposant qu'il dictait l'atmosphère de la pièce, à la manière des peintures de la Renaissance italienne qui se saisissent des lieux, sans laisser d'autre choix au visiteur que d'être pénétré par elles. Armand s'assit face au tableau. Il était à la fois puissant et flou. Dans la pièce où était accrochée la toile, la chaleur était étouffante. Attribuant son malaise à la présence du tableau, Armand changea de chaise et lui tourna le dos.

Tatiana Kutman arriva cinq minutes plus tard, se dirigea vers la petite salle du fond et arrêta son regard sur Armand au moment où celui-ci lui fit signe de la main.

— Je pensais que c'était vous. Je vous avais repéré au concert.

Elle s'assit sur le petit fauteuil Art déco qu'Armand venait de quitter. Elle disait *répéré* en roulant les *r*, à la slave. Sa voix était caressante, voilée comme celle d'une fumeuse. Elle avait un grand fourre-tout dans lequel était sans doute rangée sa tenue de scène. Elle portait maintenant un jean délavé et une ample chemise blanche à manches longues, boutonnée jusqu'au cou. Par l'emplacement des boutonnières, posées sur l'empattement gauche, Armand vit qu'il s'agissait d'une chemise d'homme. Sa queue de cheval était dénouée et quelques gouttes de transpiration perlaient au sommet de son front. Armand l'examina attentivement. Le nez, très droit, s'affinait sur l'arête. La bouche était grande, les lèvres larges, les yeux bleus et légèrement bridés.

Elle avait tendu à Armand une main courte, presque sèche, comme si elle voulait passer à l'essentiel. Elle plaqua son dos contre le dossier du petit fauteuil de bois, croisa les bras et le regarda.

— Vous avez aimé ?

Armand héla le garçon. Ils commandèrent du thé glacé.

— Vous êtes faite pour chanter. Toutes les réserves que l'on pourrait faire sur la salle, le choix du répertoire, l'accompagnement, seraient inutiles. Mais votre place est ailleurs, vous le savez.

Un silence s'installa. Armand l'observa de profil. La jeune fille fixait la table intensément. La sueur perlait maintenant sur tout son front.

— Pourquoi les quatre premiers rangs sont-ils réservés ?

— Toutes les habitudes de l'ancienne Prague n'ont pas disparu.

Elle buvait son thé à petites gorgées. Elle reprit :

— Avant, il y avait moins de touristes, mais les gens de la nomenklatura praguoise venaient à ces concerts. Ils étaient de meilleure qualité.

— Je ne souhaite pas juger la musique offerte aux touristes. Votre voix est exceptionnelle. Je serais heureux de vous aider, je vois votre père demain matin. Mais il faut que vous et moi soyons du même avis sur ce qu'il convient de faire.

Tatiana resta silencieuse, son regard toujours fixé sur la table.

— Votre potentiel est immense, poursuivit Armand. Vous savez mieux que moi qu'une voix est d'autant plus difficile à maîtriser qu'elle est grande. Les cours de chant sont là pour ça. Ce que personne ne peut trouver ailleurs qu'en lui-même, c'est la capacité à offrir une émotion forte, authentique. A cet égard aucune appréciation ne vous rendrait justice. Le répertoire que vous chantez à la salle Týn ne vous correspond pas, mais cela vous le savez aussi.

— En d'autres termes, je chante mal des airs qui ne sont pas pour moi.

— Si je me laissais aller je vous couvrirais de compliments, dit Armand d'une voix plus faible. J'essaie d'être objectif.

Il regretta ses mots, trop personnels. La jeune femme ne répondit pas. Elle avait un air buté. Armand chercha son regard, sans succès. Il voulut donner à la discussion un ton plus objectif.

— Venez à Genève fin août. Les épreuves du concours débutent fin novembre, vous aurez trois mois pleins pour ajuster votre voix. Pour vous le professeur idéal serait Heidi Volk, une spécialiste de la technique vocale plutôt que de la dramaturgie. Des solistes confirmés viennent la consulter de l'Europe entière. Tout sera fait pour rendre votre séjour à la fois agréable et productif, vous n'aurez à vous soucier de rien.

— C'est à mon père que je suis redevable, pas à vous, dit doucement la jeune fille.

— Mes paroles étaient maladroites.

Tatiana ne répondit pas. Elle transpirait toujours. Sourcils froncés, elle jouait maintenant avec la cuillère à thé. Soudain elle regarda Armand dans les yeux :

— Vous devez vraiment être très intéressé par le manuscrit.

— Je suis collectionneur, c'est normal, dit Armand très vite. Revenons à nos projets, êtes-vous à même de quitter Prague pendant trois mois ?

La jeune femme dévisagea Armand avec insistance.

— Pardonnez-moi, mais pourquoi tant d'efforts ?

— Je suis collectionneur, c'est normal, répéta Armand. Je m'intéresse aux pièces uniques, ce manuscrit en est une.

Armand baissa les yeux, ne pouvant plus soutenir le regard de la jeune femme. La discussion avec le père avait été plus aisée.

— Mon enseignement au lycée Petrìn se termine fin juin. Je ne retrouverai sans doute pas ma place en janvier, j'en trouverai une autre, cela n'est pas grave.

Le ton de la jeune femme était fataliste, défiant. Sa réponse fit plaisir à Armand.

— Ce que je vous demande, c'est si ce programme vous agrée, si vous êtes prête à le saisir à bras-le-corps, à vous y engager sans réserve, à suivre les cours de Heidi Volk avec concentration, à travailler votre voix – je devrais dire votre technique – sans relâche trois mois durant sous sa supervision. Etes-vous prête à cela ?

— Admettons. Quelles seraient alors mes chances d'accéder en finale ?

— J'assiste au Concours depuis près de quinze ans. En l'état, la finale est déjà à votre portée. Si vous acceptez de vous investir, vous aurez sans doute de bonnes chances de remporter un prix. Mais attention : si nous décidons de dynamiser le Concours, il aura d'autant plus de retentissement, il attirera des candidats de rang mondial, et les places seront plus disputées. Vous le voyez, rien n'est acquis. En dernier ressort, tout dépend de vous.

— Je travaillerai, dit Tatiana, c'est d'accord.

— Parfait, parfait.

Le regard de la jeune femme se perdit dans la toile qui lui faisait face. Un silence tendu s'installa. Armand se sentit épuisé.

— Quand j'ai commencé à étudier le chant, j'avais seize ans. Le Conservatoire était alors sur la Divadelni, juste à l'angle. Nous nous retrouvions tous ici dans ce petit coin du Slava, face au *Buveur d'absinthe*. J'ai passé des heures devant ce tableau. Chacun se cherche : le poète a le regard perdu dans le vide, le garçon de café, pétrifié, n'ose pas s'approcher, et la muse existe sans exister. Tout est flou, indéfini. Je me disais que je ne voulais être personne d'autre que la muse !

La jeune fille s'arrêta et sourit. Armand l'avait écoutée avec plaisir.

— Votre monde, c'est la certitude, l'argent, j'imagine que ce tableau vous agace…

Ce n'était pas une question. Armand ne réagit pas. La jeune femme se leva et tendit la main :

— Peut-être à bientôt.

Elle fit trois pas, et revint vers Armand qui n'était pas encore assis.

— Pour moi, nous sommes quittes, je ne vous dois rien, qu'il n'y ait pas de malentendu.

— Bien sûr, dit Armand d'une voix mal assurée.

Debout et immobile, elle le dévisageait sans ménagement. Il se ressaisit.

— C'est comme cela qu'il faut envisager la relation. Vous me devez seulement d'aller jusqu'au bout.

Elle ne répondit pas et partit. Armand régla le garçon, quitta le Slava et s'appliqua à rebrousser le chemin qu'il avait suivi depuis la salle Týn. Arrivé à l'angle de la Krizovnicka et de la Platnerska, il omit de tourner à droite et se rendit compte de son erreur deux rues plus tard. Cherchant à retrouver le chemin de l'hôtel, il emprunta la Siroka qui longeait le vieux cimetière juif. Armand l'avait parcourue à moitié lorsqu'un bruit étrange lui parvint, comme une mélopée. Il s'arrêta. Le bruit disparut. Il reprit son chemin, pressa le pas et le murmure augmenta. Il s'arrêta à nouveau, tendit l'oreille et le murmure, qui un instant plus tôt semblait ne venir de nulle part, devint tout à fait clair :

*It kaddal veït kaddash sheme rhaba**.

Armand était figé, sur ses gardes, lorsqu'une masse énorme se détacha du mur de soutènement qui longeait le cimetière. Un juif orthodoxe de forte

* En araméen : Que son grand nom soit répandu et sanctifié.

corpulence, la tête recouverte du chapeau traditionnel, grand barbu aux cheveux broussailleux, se tenait agrippé à la barrière de fer forgé qui surplombait le muret. Il arrêta sa récitation, fixa Armand avec insistance et lui dit :

— *Vite co* ?*

— *I don't understand*, lui répondit Armand, désarçonné par l'apparition.

Les émotions de la soirée l'avaient épuisé. En un anglais teinté d'accent allemand, l'orthodoxe le relança :

— Vous savez, si je viens ici réciter le Kaddish, la prière des morts, c'est parce que d'après la Loi, il faut être au moins dix hommes pour le réciter. Et ici, dit l'orthodoxe en levant l'index, les morts sont vivants.

Armand était inquiet, prêt à démarrer en trombe. Il ne répondit rien.

— Ici, ailleurs, partout, ils sont vivants, cria l'orthodoxe, c'est avec eux que je viens prier. Eux me reçoivent avec affection. D'où venez-vous ?

Armand se mit à marcher lentement, sans quitter son interlocuteur des yeux. L'illuminé le suivit le long de la barrière. Armand pressa le pas et l'orthodoxe le talonnait en courant, enjambait les pierres tombales, ne voulait pas le lâcher.

— C'est vrai, criait l'orthodoxe, après leur mort ils nous sont plus doux !

* Se prononce *Vité so*. En tchèque : Vous savez quoi ?

Armand courait maintenant. Il atteignit la Maislova et l'orthodoxe fut forcé à l'abandon, bloqué par les barrières qui à cet endroit du cimetière formaient un angle droit. Deux minutes plus tard, Armand arrivait à la Pariska. Il était à bout de souffle. Malgré cela il remonta la rue au pas de course et atteignit son hôtel en nage. Arrivé à sa chambre, il s'étendit et s'endormit aussitôt.

VII

LE CONSEIL DE FONDATION

A neuf heures du matin précises, Pavel Kutman arriva sous le grand porche de l'Intercontinental. Armand y faisait les cent pas.

— Cet endroit est sinistre, dit Armand à l'antiquaire, allons ailleurs.

Pavel Kutman le conduisit à la terrasse ombragée du café Valmont, à deux pas. Ils commandèrent des cappuccinos.

— Tatiana m'a téléphoné tard dans la nuit, dit Pavel, elle était contente. Si vous êtes toujours dans les mêmes dispositions, nous sommes prêts à accepter votre proposition.

— Elle était contente ?

— Oui, très contente, bien que…

— Oui ?

— Tatiana et moi restons un peu sur notre faim. Bien sûr, Jacques est un bon avocat, il me dit de m'en remettre à vous, et voilà, c'est fait. Mais sans vouloir vous vexer, tout est construit autour du Concours. Comment changer en six mois une institution vieille de soixante ans ?

— Si ce n'est que cela, vous ne me vexez pas, dit Armand en souriant. C'est vrai que rien n'est sûr. Je ne peux que vous assurer de mon engagement. Je vais essayer de faire bouger les choses…

Le regard de l'antiquaire balaya la façade de l'immeuble qui abritait sa boutique, situé de l'autre côté de la place, sur l'Elisky Krasnahorske. Le spectacle qu'il avait sous les yeux était désolant : le bâtiment cubiste était délabré, ses façades souillées, ses menuiseries écaillées, ses vitres toutes très sales. Il eut un geste fataliste :

— Vous savez, toute cette aventure repose sur le hasard. Vous voyez l'immeuble face à nous ? C'est là que se trouve mon magasin.

— Je sais, dit Armand.

— Dans ce bâtiment abandonné est arrivé un manuscrit exceptionnel de Kafka. C'était le hasard de la sacoche. Et la rencontre de Proust et Kafka ? Le hasard. Et Piette, que j'ai connu parce que nos femmes étaient collègues ? Et vous, qui êtes ici parce que vous connaissez Piette ? Kutman fit une pause, puis ajouta : Je serais bien ingrat de ne pas me fier à la Providence.

— Je m'emploierai à la convaincre, dit Armand, détendu.

— Je suis sûr que vous saurez mieux y faire que moi. Contrôler mon destin m'a toujours été difficile. Je serai docile toute ma vie.

Le garçon arriva avec les cappuccinos. La conversation tomba. Par courtoisie, Pavel tenta de la ranimer.

— Qui était le compagnon de voyage de Kafka ? L'homme de la Jonction ? Ce serait amusant de savoir, non ? Surtout pour vous, si c'était un Genevois.

La peur envahit Armand d'un coup, comme si on lui reprochait un méfait qu'il n'avait pas commis.

— Il faudrait entreprendre des recherches dans les registres de naissances et de décès, je ne suis pas sûr que les archives de l'époque existent encore. Il s'interrompit, se racla la gorge, but une gorgée de café. La douceur légère de la mousse l'apaisa. Il reprit : Mais je ne manquerai pas de vous communiquer l'information si un jour elle m'était disponible, ajouta-t-il, soulagé d'être arrivé au bout de sa réponse.

— Simple curiosité, rétorqua Pavel en souriant.

Le silence qui se manifestait encore créa un léger malaise. Pavel relança la conversation.

— Avez-vous eu l'occasion de visiter notre ville ?

— Peu, répondit Armand, d'une voix éteinte.

— Je suis passé par Genève il y a cinq ans. Je me rappelle la vieille ville et ses belles maisons. Elles font le dos rond, comme si elles voulaient en dire le moins possible. A Prague les maisons sont bavardes comme des pies ! Comme moi, dit Kutman. J'ai trop parlé avant-hier soir.

— Sur la vie des chanteurs ? Vous aviez raison de le faire, je ne vous ai pas assez écouté. Vous m'avez ouvert les yeux sur la profession.

— La vie d'une chanteuse se déroule toujours au bord de l'abîme. C'est ce vertige qui attire ma fille.

— Je l'avais compris, répondit Armand.

*

A l'aéroport de Prague, une heure plus tard, Armand acheta le *Herald Tribune*. Il fut incapable d'en lire deux lignes d'affilée. Un sentiment de malaise le taraudait, une irritation sur laquelle il n'arrivait pas à mettre le doigt. Il repassa en mémoire les événements des deux derniers jours et finit par comprendre ce qui le gênait. C'étaient les propos de Pavel sur la chanteuse face au vide. Son malaise venait de là, il en eut la conviction. Il reprit la phrase mot par mot, "C'est ce vertige qui attire ma fille". L'attirance lui avait semblé naturelle. Cette soudaine disponibilité à une émotion qu'il aurait dû estimer déraisonnable, et pour tout dire idiote, le décontenança. Il attribua sa sensibilité à la fatigue et reprit la lecture de son journal, avec succès d'abord, mais le malaise recommença et il s'en voulut : cette histoire de vertige, c'était bête.

Il atterrit à Genève à quinze heures. Dans la voiture qui le conduisait à la banque, il lança quatre appels téléphoniques. Changer le Concours devenait une priorité. Son conseil se réunissait à dix-sept heures, la séance suivante n'aurait lieu qu'après l'été, il fallait forcer la décision l'après-midi même.

*

A cinq heures moins cinq, Armand salua les huissiers qui se levèrent à son passage, et trois minutes plus tard, il pénétrait dans les bureaux du Concours.

Agé de soixante-dix ans, grand, très maigre et très affable, le président du Concours de chant de Genève était un homme de qualité, attaché à son institution. Il y représentait le Conservatoire où il avait enseigné le chant une vie durant. Armand occupait le poste de vice-président. Le trésorier était un employé de l'administration fiscale cantonale. L'Association des amis était représentée par une fonctionnaire de l'enseignement secondaire, une femme d'autorité, grande fumeuse, fine mouche sous ses airs bourrus. Enfin, un ancien chanteur, reconverti dans la gestion artistique, occupait le poste de secrétaire général du Concours.

Ce vendredi 1er juin, tous les cinq se retrouvaient autour de la grande table anglaise recouverte de cuir bordeaux frappé d'or. La secrétaire prit place pour tenir procès-verbal, et alors que chacun échangeait quelques propos d'avant séance, le président interpella Armand.

— Vous arrivez de Prague, m'a dit votre assistante. La ville est-elle toujours aussi belle ?

Chacun se tut. Armand répondit avec courtoisie et saisit l'occasion pour informer ses collègues qu'une "voix" était prévue à l'inscription de la prochaine édition, un véritable phénomène qui aurait le bénéfice d'une bourse de sa banque et ferait un stage de trois mois sous la supervision de Mme Volk. Le président ne manqua pas de remercier Armand pour cette bonne nouvelle et de manière générale, pour tout ce que lui-même et sa banque faisaient pour la culture à Genève. Armand annonça qu'il proposerait une implication plus importante dans le cadre de la prochaine édition du Concours. Cela lui valut de nouveaux remerciements du président, soutenus en écho par le murmure des collègues.

Enfin le président ouvrit la séance. Le procès-verbal de la réunion précédente fut vite approuvé et les dates de conseil pour les mois d'automne fixées.

— Le point suivant à l'ordre du jour, annonça le président : "Composition du jury : acceptations à ce jour".

Avec sa circonspection naturelle il indiqua que les chances semblaient bonnes de pouvoir compter sur la présence de deux grands noms dans le jury, Mmes R. C., une mezzo française retraitée, aujourd'hui professeur émérite, et E. S., une célèbre soprano allemande établie à Zurich. La réponse de trois grands professeurs des conservatoires de Munich, Berlin et Bruxelles était attendue "avec optimisme" et la participation du directeur de l'Opéra de Nice était acquise.

— Je crois que nous aurons une fois encore un jury de très haute tenue, conclut le président, et je voudrais au nom de tous féliciter notre secrétaire général pour l'excellent travail accompli.

Armand sollicita la parole.

— Je m'associe bien sûr aux félicitations de notre président. Bravo. Cela dit – il fit une pause –, osons la question : que cherchent nos candidats ?

Du travail. Notre mission est de les y aider. Que leur offrons-nous ? Un jury de professeurs, pour l'essentiel. Qui les écoute ? Personne. Pour réaliser notre propos, il faudrait que nos jurés soient des gens de pouvoir, en pleine activité…

Le secrétaire général le coupa :

— Vous connaissez beaucoup de professionnels en pleine activité prêts à consacrer deux semaines de leur carrière à écouter de jeunes chanteurs ? Votre souhait me semble bien ingénu, mon cher Armand. Nous y avions pensé, savez-vous…

Il est sur les nerfs, c'est parfait, se dit Armand. Il reprit :

— Nous étions donc plusieurs à penser à la même chose. Vous savez bien qu'une solution existe. Il suffirait d'élargir le jury pour la finale.

— Comme je l'avais déjà précisé à l'époque, je ne peux avaliser – j'allais dire : avaler – une proposition d'un tel opportunisme. Exhiber un jury de célébrités uniquement pour la finale, c'est révoltant ! C'est bafouer l'éthique artistique ! D'ailleurs, ce point a déjà fait l'objet d'un débat, il a été tranché.

— Je comprends les réticences de notre secrétaire général, et je dois dire que je les partage, osa le président. Nous avons une responsabilité éducative…

— Artistique, corrigea Armand. Nous ne sommes pas un conservatoire !

Il quitta sa chaise, se défit de sa veste qu'il alla suspendre d'un pas lent à la patère de l'entrée attenante et poursuivit tout en marchant :

— Chers collègues, notre but est d'aider les meilleurs à chanter, pas de les former.

— Je partage ce souci d'efficacité qui vous caractérise et vous honore, et je vois que vous rentrez de Prague... plein de fougue, dit le président en adressant un sourire malicieux en direction d'Armand. Mais nous touchons là au cœur de notre mission. Peut-on connaître le sentiment de nos collègues ?

— Il nous serait plus aisé de nous prononcer en connaissance de cause, dit le trésorier. Armand, vous avez une idée derrière la tête.

— C'est exact. Mes associés et moi-même proposons que notre établissement devienne le sponsor principal du Concours pour son édition de décembre prochain. Notre parrainage sera consacré à défrayer un jury de grande qualité, pour qu'il participe à la finale du Concours. Nous nous chargerons d'amener les jurés à Genève, certains par vol privé, de les ramener dans leur pays d'origine, et, sur place, de les choyer de la façon la plus large et la plus confortable. Si nous réussissons, l'événement sera retentissant.

A son tour, le secrétaire général se leva et, passant derrière ses collègues, resservit chacun d'eau minérale.

— Je dois admettre que ces brusques velléités de grandeur me laissent sceptique, mon cher Armand. N'est-ce pas la grenouille qui veut se faire plus grosse que le bœuf ?

Posant sa main à plat sur son verre, Armand déclina l'offre.

— Je vois notre concours autrement que sous les traits d'un batracien.

Armand avait jeté la phrase.

— Allons, messieurs, allons, dit le président. Armand, qui avez-vous en tête ? Dévoilez votre idée, cela nous permettra de prendre la mesure des inconvénients que nous avons évoqués, et des avantages qui, comme nous l'espérons, seront tels qu'ils nous permettront d'aller de l'avant en toute solidarité, n'est-ce pas mes chers collègues ?

— Me permettrez-vous, cher président, de détendre l'atmosphère par une petite anecdote ?

Maintenant Armand souriait. Il fixa brièvement chacun de ses collègues, puis reprit :

— La scène se passe à Moscou, du temps des Soviets. A minuit sur la place Rouge, un homme éméché se fait arrêter au volant de sa voiture. Pendant que le policier lui dresse procès-verbal, il affiche un grand sourire. L'agent lui dit : “J'imagine que vous n'avez pas l'intention de payer l'amende ?” “Vous avez raison”, répond l'homme. Le policier reprend : “Vous avez sans doute des connaissances haut placées ?” Et l'homme lui répond en souriant : “C'est moi, la connaissance haut placée.”

Chacun s'esclaffa, y compris le secrétaire général. Armand enchaîna :

— Cette anecdote résume mon idée. Adressons-nous au bon Dieu plutôt qu'à ses saints, invitons ceux qui sont les mieux placés pour offrir les plus belles opportunités à nos lauréats. Pour la finale de notre prochaine édition, ajoutons à notre jury les patrons des quatre plus grandes salles d'opéra du monde.

Le président pâlit.

— Vous voulez dire…

— Exactement. James Levine, du Metropolitan, Antonio Pappano, de Covent Garden, Hugues Gall, de l'Opéra de Paris, et Riccardo Muti, de la Scala.

— Il est évident, reprit le président, que cela changerait beaucoup de choses… Notre concours prendrait une dimension considérable… Mais avons-nous le moindre espoir que les quatre grands du monde lyrique viennent à Genève ? Ensemble ? D'un coup ?

— Je les connais tous les quatre, précisa Armand. J'ai pris contact avec leur secrétariat ce matin déjà, sauf pour maestro Levine, mais je viens d'avoir son assistant. Ils sont tous pris, mais ces gens sont pris tout le temps. Ce n'est donc pas un critère. J'ai cru comprendre que tous pourraient s'arranger, même Muti, qui sera à l'avant-veille de son ouverture de saison. Mais on ne sollicite pas de telles personnalités "au cas où". Je m'en remets à votre décision avant d'aller de l'avant.

— Et pourquoi donc viendraient-ils à Genève ? lança le secrétaire général.

— Parce que la notoriété de chacun rejaillira sur les trois autres. Ils auront œuvré pour la jeunesse, créé l'événement, et le monde entier chantera leurs louanges.

Le trésorier déposa les armes.

— On ne peut que saluer votre sens du réalisme, mon cher Armand.

La représentante des amis du Concours n'en revenait tout simplement pas.

— Je suis bouche bée, dit-elle. Armand, vous m'épaterez toujours.

Armand lui sourit. Elle l'irritait avec ses cigarettes et sa grosse voix, mais il l'aimait bien. Le secrétaire général contint mal son dépit :

— Vous sacrifiez l'artistique au marketing. Devant tant d'argent et de paillettes, chacun cède. J'exécuterai contre mon gré.

— Je suis à l'écoute de chacun, dit le président, après quoi nous allons voter dans la sérénité, n'est-ce pas, chers collègues ?

L'intervention du président redonna un sursaut de courage au secrétaire général :

— Nous risquons la récusation de plusieurs membres de notre jury devant une telle forfaiture.

— Je n'en crois rien, dit calmement Armand. Connaissez-vous beaucoup de professionnels de la musique qui refuseraient l'occasion de pouvoir raconter, dès le lendemain : "Comme j'en discutais en séance de jury avec Hugues Gall et James Levine, et figurez-vous que maestro Muti me disait que… etc. ?"

Autour de la table, chacun sourit. Le secrétaire général était battu. Armand comprit qu'il avait la décision à sa portée. Aucun des membres du conseil ne pouvait prendre la responsabilité de faire échouer un tel projet. Il décida de porter l'estocade :

— Comment le secrétaire général ose-t-il affirmer que nous sacrifierons l'artistique au marketing ? Au contraire ! Nous donnerons toutes ses chances à l'artistique, c'est-à-dire à l'artiste ! Dans sa fonction, il devrait s'en réjouir ! Crier sans cesse au scandale est agaçant, à la fin.

— Allons, messieurs, soyons raisonnables. La proposition de notre collègue de faire appel à un jury de finale en la personne des quatre grands du monde lyrique déroge au règlement. Elle doit donc être soumise au vote. C'est vrai qu'elle nous vaudrait une avalanche d'inscriptions…

— Et une couverture médiatique sans précédent, ajouta la représentante des amis du Concours. Pour notre association, ce serait un sacré coup de fouet…

— Et pour la réputation du Concours, ce serait un coup de massue.

— Allons, reprit le président. Je comprends les réserves de notre secrétaire général. Soyons respectueux des procédures et prononçons-nous sur le principe de la dérogation. Qui est pour ?

Quatre mains se levèrent. Le secrétaire général n'avait pas droit de vote, l'affaire était entendue : dérogation acceptée à l'unanimité, sans abstention. Le président reprit la parole.

— Une fois encore, nous ne pouvons qu'exprimer notre reconnaissance à Armand. Je prendrai la plume pour remercier votre banque, si vous m'y autorisez.

— Je ne voudrais pas être rabat-joie, dit le trésorier, mais cela va nécessiter des ressources financières considérables. Et j'imagine que pour certains défraiements la confidentialité sera exigée. Armand, je me tourne vers vous.

Le secrétaire général eut une dernière bouffée d'espoir :

— Absolument ! Vous semblez oublier que nous sommes subventionnés par les deniers publics. Nos comptes sont soumis à l'autorité de surveillance ! Et puis comment justifier une différence de traitement aux autres membres du jury ? Je la devine extravagante. Ce serait choquant ! Franchement, je vois mal comment nous pourrons réaliser un tel projet.

— Je comprends, dit Armand. Donnez-moi mandat. L'élargissement du jury sera directement pris en charge par notre banque. Le Concours ne déboursera rien, la prestation des quatre membres du jury lui sera simplement offerte.

La proposition fut soumise au vote qui fut sans surprise. Après avoir expédié des problèmes qui tout à coup paraissaient bien dérisoires, le président leva la séance et chacun se salua, sachant que rien, désormais, ne serait comme avant au Concours de chant de Genève.

Deuxième partie

TROIS MOIS A GENÈVE

VIII

QUARTETTE

A dix-huit heures Tatiana sonna au premier étage. Derrière l'employée de maison en uniforme qui lui ouvrit la porte surgit une femme jeune, de petite taille et très blonde. Ses cheveux attachés dégageaient un visage trop carré mais délicat. La robe de soie sauvage qu'elle portait soulignait sa sveltesse.

— Bonjour, Tatiana ! s'exclama Anne-Catherine Hugues.

Elle l'embrassa trois fois, la prit par le bras et la dirigea d'autorité vers la bibliothèque.

— Nous sommes ravis de vous avoir rue Bellot, Armand m'a beaucoup parlé de vous. J'espère que vous avez fait bon voyage. Vous allez voir que tout se passera bien. Il y a longtemps que vous chantez ?

Tatiana n'avait jamais entendu quelqu'un parler si vite. Elle ne saisit que la dernière phrase.

— Onze ans.

Elles s'assirent face à face sur les deux longs canapés de la bibliothèque.

— C'est magnifique, absolument magnifique, ce que vous faites. Quelle chance d'avoir une si belle voix. Armand s'excuse pour son retard, vous savez, il est si occupé avec sa banque et sa collection. Vous êtes chez vous dans cette maison, n'hésitez pas à sonner au premier quand vous voulez, Teresa est une perle, c'est notre perle au grand cœur. Charlotte ne va pas tarder, c'est une enfant charmante, un peu turbulente, mais vous vous entendrez très bien, elle vous amènera dîner tout à l'heure chez ma belle-mère qui adore l'opéra et vit très seule, et puis comme ça, aussitôt arrivée, vous aurez connu toute la famille !

— Avec plaisir, dit Tatiana, sans avoir le choix.

Elle jeta un coup d'œil à la ronde dans l'immense pièce. Des milliers de livres recouvraient les parois.

— Est-ce la collection de votre mari ?

— Non, voyons, Armand a son antre. Un grenier qu'il s'est fait aménager tout près d'ici, un peu comme un vieux garçon. Tous ses manuscrits sont là-bas, ça l'occupe beaucoup. Il en est très fier.

Tatiana observa Anne-Catherine, assise sur le bord du canapé, jambes serrées bien droit devant elle. Belle allure, un corps de sportive. Tatiana remarqua les mains, vigoureuses et soignées, puis baissa son regard et observa les jambes d'Anne-Catherine. Ses mollets, épais, tranchaient avec la finesse de la jeune femme. D'un coup, ils faisaient d'elle quelqu'un d'ordinaire. Tatania remonta légèrement sa robe, exhibant ainsi l'élégance et la finesse de ses jambes.

La porte de la bibliothèque s'ouvrit avec fracas.

— Charlotte…

Tatiana ne sut pas si Anne-Catherine Hugues présentait sa fille ou prononçait son nom avec exaspération. Elle se leva et tendit la main à l'adolescente qui la dévisageait sans retenue.

— Ma mère m'a dit que nous allions dîner ensemble chez ma grand-mère.

Elle parlait aussi vite que sa mère.

— Si cela vous fait plaisir, dit Tatiana.

— On part à huit heures moins le quart. Je passe vous prendre.

Elle repartit aussitôt. Tatiana n'était pas restée assise cinq minutes, mais s'empressa de prendre congé à son tour, gênée par l'opulence et l'agitation. Elle achevait de descendre l'escalier qui menait au rez-de-chaussée lorsque la porte cochère de l'immeuble s'ouvrit. Armand en passa le seuil et la salua avec embarras.

— Tout s'est bien passé à l'aéroport ?

— C'était parfait, je vous remercie.

— Etes-vous bien installée ?

— Très bien, je ne m'attendais pas au Steinway, il est magnifique.

— Je suis heureux qu'il vous convienne. Avez-vous fait la connaissance de ma femme et de ma fille ?

— Oui, elles sont très aimables. Elles m'ont invitée à dîner chez votre mère. Votre fille m'y amènera.

— Parfait, parfait.

Armand reconnut la grande chemise blanche du café Slava et se dit que la jeune fille avait minci, ou était-ce l'effet de sa peau, légèrement plus hâlée qu'avant l'été ? Il regarda ses yeux, en fut gêné et lui tendit vite la main.

— A très bientôt, j'espère. J'oubliais : votre première leçon est prévue après-demain à seize heures, au Conservatoire. Vous demanderez la salle de Mme Volk à l'huissier. Charlotte vous indiquera comment arriver place Neuve par la Treille, c'est le chemin le plus beau à cette époque de l'année.

— Je vous remercie.

— J'espère que nous nous reverrons très bientôt.

Tatiana serra la main que lui tendit Armand et descendit les marches qui menaient à sa porte, puis se ravisa et décida de faire le tour du pâté de maisons. Les rues étaient vides, le quartier beau et silencieux. Elle poursuivit jusqu'à l'Eglise russe puis remonta aux Tranchées. Tout était impeccable, sans cicatrices. Cette ville n'avait pas besoin d'être consolée.

*

A l'heure convenue, Charlotte passa la prendre et se mit à marcher rapidement, tête baissée, ce qui obligea Tatiana à accélérer le pas pour la rattraper.

— C'est gentil de me tenir compagnie, dit Tatiana d'un air pointu.

— Ma mère sait s'y prendre.

L'accueil se voulait charitable mais l'addition n'était pas loin. Tatiana n'eut pas envie de réagir.

Elles marchèrent en silence jusqu'à la place du Grand-Mézel, où elles étaient attendues avec une impatience joyeuse. Habillées, maquillées, embijoutées, Livia Hugues et Lia vivaient la joie des personnes âgées qui reçoivent la visite d'un parent très jeune. Elles embrassèrent Charlotte avec chaleur. Tatiana attendit son tour et tendit la main à Livia. La vieille dame l'embrassa, puis Lia fit de même.

— *Ma guarda che bella ragazza**, dit Lia.

— Je sais pourquoi vous êtes à Genève, dit Livia, vous gagnerez, vous verrez ! Quand a lieu le Concours ?

— Les éliminatoires débutent le 23 novembre.

— Alors vous resterez longtemps à Genève ! Vous reviendrez nous voir ?

Les yeux de la vieille dame brillaient.

— Allons, vous êtes venues pour manger, à table !

Lia partit pour la cuisine d'où elle revint chargée d'une marmite large et basse, recouverte de pâte brisée.

— C'est un *coccio*, dit-elle à Tatiana, des pâtes, des moules, et le tout au four ! Une vieille recette !

Tatiana s'assit à la droite de Livia Hugues et se mit à la dévisager avec admiration.

— Vous avez de si beaux yeux, madame !

Livia Hugues se tourna vers la chanteuse, l'air surprise.

— Merci du compliment, mon enfant.

* Mais regarde quelle jolie fille.

A son tour la vieille dame arrêta son regard sur la chanteuse. Tatiana observait le tableau accroché sur la paroi face à elle. Livia Hugues y était peinte alors qu'elle était jeune femme. Elle portait une robe du soir bleu ciel, et son bras droit levé tenait une cigarette entre l'index et le médius, d'où s'échappait un mince filet bleu. Elle avait grande allure. Tatiana porta soudain son regard sur la robe de Livia Hugues et s'exclama :

— La broche ! C'est la même que sur le tableau !

Le bijou d'or fin représentait un petit personnage à grosse tête, assis en tailleur, bouche ouverte, bras tendus vers l'avant.

— Un cadeau que m'a fait mon beau-père. Cette broche appartenait à sa femme, morte en couches à la naissance de mon mari. C'est un bijou aztèque qui représente Xipe Totec, le dieu de la fertilité.

Livia Hugues laissa promener son regard sur le tableau.

— Mon beau-père n'a pas refait sa vie après la mort de sa femme. Il est resté seul jusqu'à la fin. Mais tout ça, c'est le passé ! Un jour Charlotte portera ce bijou !

— La petite Mexicaine aux yeux bleus, dit Lia.

— La petite métèque aux yeux bleus, dit Charlotte.

Lia la gronda :

— *Non dire sciocchezze**.

— Elle veut faire l'intéressante, ajouta Livia.

* Ne dis pas de bêtises.

Tatiana, qui ne comprenait rien à la scène, osa poser la question :

— Qu'est-ce que c'est, un métèque ?

— C'est quelqu'un qui n'est pas d'ici, lui répondit Charlotte.

— Chez nous, tout le monde est un peu d'ailleurs.

Tatiana avait parlé à voix basse, comme pour elle-même.

Livia chercha la diversion :

— Vous chantez le répertoire vériste ? Puccini, Verdi, Leoncavallo, Cilea ?

— Qui est si beau, dit Tatiana. Elle ajouta : Si humain aussi. Et après une pause : Mais difficile !

Heureuse d'un coup, elle éclata d'un rire immense, un rire de soprano qui emplit toute la pièce.

— *Ma guarda che voce che ha questa bella fanciulla* !* s'exclama Livia. *Dai, cantiamo qualcosa !* Quand j'étais jeune fille, nous chantions tout le temps, avec ma mère et Suzanna, la maman de Lia. A la cuisine, ou quand nous faisions la couture, je me rappelle aussi, mon Dieu, nous chantions chaque fois que nous rentrions de la plage à Portorose. Nous remontions à l'hôtel par le parc et nous continuions à chanter mezza-voce le même petit air de Mozart jusqu'à la réception, où le concierge, M. Schuler, nous remettait nos clés en faisant semblant de se fâcher, parce que nous chantions dans les salons. Mon Dieu, combien d'étés à Portorose…

* Mais regarde quelle voix elle a, cette belle jeune fille !

Son regard se perdit dans ses souvenirs, puis elle se mit doucement à chanter :

Là ci darem la mano
Là mi dirai di sì.
Vedi, non è lontano :
Partiam ben mio, da qui.

Là-bas nous nous donnerons la main,
Là-bas tu me diras oui.
Vois, ce n'est pas loin,
Partons d'ici, ma bien-aimée.

Livia entonna seule le premier vers, puis les trois autres en duo avec Lia. Soudain attentive, Charlotte ne boudait plus, elle jouait avec ses boucles.

— Vous savez, dit Livia à Tatiana d'une petite voix, quand on a eu une enfance si heureuse, après c'est plus difficile.

— Pas de risque de ce côté, lança Charlotte.

— *Zitta** ! répliqua sa grand-mère.

— Allez, chantons autre chose ! dit Lia. *Dai, cantiamo qualch' altro brano*, sans façon.

Les deux vieilles dames se lancèrent dans un *Caro nome che il mio cuor* hors de leur portée, mais leurs voix aigrelettes exprimèrent les premiers émois amoureux de Gilda, la fille de Rigoletto, avec délicatesse. Après le *è* du dernier *Gualtier Maldè* – un *si* bémol trop haut perché pour leur tessiture –, toutes applaudirent avec émotion.

* Tais-toi !

Charlotte était ébahie. La musique avait pénétré sa méchante humeur ; insidieusement, elle l'avait imbibée et puis dissoute petit à petit. Elle vivait sa transformation avec malaise, comme si elle tenait à cette contrariété qu'on lui ôtait contre son gré. Tatiana avait les yeux brouillés.

— *Mi chiamano Mimi, ma il mio nome è Lucia*, entonna Livia Hugues.

Lia suivit, et Tatiana se lança aussi, se contentant de "marquer". Elles arrivèrent à la troisième strophe avec vaillance :

Ma quando vien lo sgelo
Il primo sole è mio
Il primo bacio d'April è mio

Mais quand arrivera le dégel,
Le premier soleil sera pour moi,
Le premier baiser d'avril sera pour moi

Livia Hugues s'arrêta après le premier *mio*, incapable de retenir ses larmes.

— Je m'arrête toujours ici, dit-elle. *Non so perché non la faccio più avanti**. Tatiana, je veux écouter votre voix, faites-moi ce grand plaisir, reprenez là où nous nous sommes arrêtées.

Tatiana se racla la gorge, entama le *Ma* sur un tempo très lent, et monta sa voix en crescendo, jusqu'à *d'April*, puis s'arrêta, décontenancée devant l'émotion de Livia.

* Je ne sais pas pourquoi, je n'arrive pas à aller plus loin.

— *Dai, basta piangere**, dit Lia, *che farai scappare le ragazze*, tu feras fuir les filles.

— Votre *Ma* est un moment d'extase, dit Livia, vous avez la même sensibilité que la Freni, vous l'avez écoutée chanter cet air ?

— Oui, bien sûr.

— Allez, on termine en beauté, dit Lia, encore une.

Cette fois, ce fut elle qui attaqua :

Un bel dì vedremmo
Levarsi un fil di fumo

Un beau jour nous verrons
S'élever un filet de fumée

Les trois autres reprirent en chœur. Tatiana chantait les mots, Charlotte suivait tant bien que mal avec des *tararirara*, et le quartette tint jusqu'à la fin, osant même des fantaisies dans

Chiamera
Butterfly dalla lontana
Ed io me ne starò nascosta,
Un po' per celia
Un po' per non morir

Il appellera Butterfly, de loin,
Et je resterai cachée
Un peu par coquetterie
Un peu pour ne pas mourir de joie

* Allez, arrête de pleurer.

en vocalisant sur le premier *a* de *lontana* et le *o* de *nascosta*. A la fin de l'air, toutes mimèrent la partie orchestrale grandiose par des *ti-rarara-tararirara-tarirara*, avec de grands gestes de chef d'orchestre. Il y eut à nouveau des bravos et des applaudissements, puis un moment de silence prolongé. Les quatre femmes se regardèrent, conscientes qu'elles venaient de vivre un instant d'infini bonheur.

Emportée par l'euphorie, Livia lança soudain :

— Vous savez, je n'ai jamais vu mon fils aussi intéressé par un manuscrit.

— Pourquoi ? demanda Tatiana.

— Parce que celui-là le touche de près, dit Livia.

Elle se sentit tout à coup glacée d'avoir trahi la confidence du post-scriptum. La jeune chanteuse l'avait lu, bien sûr, mais avait-elle fait le lien entre Armand et le voyageur taciturne ?

Livia se sentit vieille et sotte, et tenta de rattraper son faux pas :

— Pour Armand chaque manuscrit est très important, vous savez, il consacre tous ses loisirs à la collection. Je crois qu'elle l'intéresse plus que la banque !

Tatiana perçut la nervosité de Livia et n'en saisit pas la raison. Charlotte, qui comprit que sa grand-mère avait gaffé, se leva d'un bond et lança d'une traite :

— Désolée, j'ai à étudier, merci Nonna, c'était délicieux.

Elle embrassa les deux dames et en un rien de temps dévala l'escalier. Livia Hugues retint Tatiana.

— Quand êtes-vous arrivée à Genève ?

— Cet après-midi, madame.

— Vous avez l'air si sereine, si forte, je suis impressionnée, *vero, Lia, che è impressionnante* ?* Je me souviens de mon premier jour à Genève, c'était ici même, dans cet appartement, j'étais moins brave que vous. Mais c'était différent, bien sûr.

Son regard se perdit. Après un court silence, elle ajouta :

— Mon fils vous admire beaucoup, vous savez. Ah ! je vous l'ai déjà dit, je deviens vieille.

— Vous ne me l'avez pas dit. Merci pour votre gentillesse.

Alors qu'elle passait du salon à l'entrée, Tatiana remarqua une photo sur laquelle un adolescent très brun souriait, torse nu et mains nouées derrière la tête. Il était allongé sur une chaise longue, un livre ouvert posé à plat sur l'estomac, dont on pouvait lire le titre : *Femmes*. Tatiana reconnut Armand.

— Comme il était beau !

— Il l'est toujours ! dit Livia avec défi.

Tatiana ne répondit pas, embrassa les vieilles dames et descendit les deux étages à pied, l'esprit absent. Charlotte était déjà sur la place.

— Quel homme était ton grand-père ? demanda Tatiana.

— Sérieux du 1er janvier au 31 décembre, l'inventeur du délit de bonne humeur.

— Ton père en a beaucoup souffert ?

* N'est-ce pas, Lia, qu'elle est impressionnante ?

— Tu le lui demanderas ! répliqua Charlotte.

— Je ne voulais pas être indiscrète. L'histoire de sa grand-mère mexicaine m'a touchée.

— L'unique épisode romanesque de la famille Hugues sur vingt générations, ça se raconte !

— Quand est-elle morte ?

— Ses parents étaient à Genève au moment de l'accouchement, je crois qu'à l'époque c'était la révolution au Mexique.

Tout en marchant, elle lança un coup d'œil oblique à Tatiana et ajouta sans sourire :

— Tu le lui demanderas aussi !

Elles empruntèrent la rue des Granges.

— Ta grand-mère est merveilleuse. Et Lia... l'appartement... la musique... tu as de la chance.

— Oui, oui, elle est chou, répondit Charlotte.

Mais le ton n'invitait pas à l'échange, et le reste du trajet – cinq minutes à peine – se fit en silence. Elles arrivèrent rue Bellot.

— A bientôt, dit Tatiana au bas du grand escalier.

Elle esquissa le geste d'embrasser Charlotte. L'adolescente eut un mouvement de recul, puis consentit à l'accolade, sans chaleur.

— Et merci, ajouta Tatiana, c'était merveilleux.

— C'est rien, lança Charlotte.

Elle grimpait déjà les marches comme une chevrette.

IX

LA LEÇON DE CHANT

Heidi Volk avait ouvert la porte de sa classe et pointait du doigt la plaque de laiton vissée sur sa face extérieure.

— Vous voyez cette plaque ?

Avant que Tatiana n'ait eu le temps d'y porter son regard, elle aperçut Armand dans le couloir, l'air penaud, la main droite tendue à la recherche d'une poignée de porte qui s'était brusquement éloignée de lui. Tatiana pouffa et détourna vite les yeux en direction de la plaque. La réaction piqua Armand qui alla s'asseoir au fond de la salle, regrettant déjà d'avoir accepté l'invitation.

— C'est marqué : "Mme Heidi Volk, professeur de chant." Bonjour Armand. Eh bien, ma *chérrie* (sur ce mot qu'elle affectionnait, Heidi Volk roulait les *r* à la viennoise), sur cette plaque je pourrais tout aussi bien faire inscrire : "Heidi Volk, institut de beauté."

Debout devant le lutrin qui portait ses partitions, Tatiana porta la main à son visage pour masquer un sourire et maintint quelques instants son index posé sur la pointe du nez.

— Parfaitement, ma *chérrie*, institut de beauté. Je veux aider votre voix à être belle et-à-le-res-ter (elle martela les quatre derniers mots). Si vous écoutez votre corps, s'il travaille sans forcer, votre voix restera souple, et vous resterez jeune et belle, ma *chérrie*, et savez-vous pourquoi ? Parce que vous rendrez votre public heu-reux !

A soixante-dix ans passés, Heidi Volk incarnait le bien-fondé de ses paroles. Sa silhouette était celle d'une jeune femme. Le roux vif de ses cheveux lui donnait des airs de coquette et le plaisir qu'elle prenait à s'habiller révélait son goût de la scène. Pourtant, plus que de dramaturgie, c'était de technique qu'elle s'occupait. Rien ne lui était inconnu des mécanismes qui, du coccyx au sommet du crâne, mettent en action muscles, os, parois, cartilages et font d'une voix ce qu'elle est.

Pour la visite d'Armand, Tatiana, qui en était à sa dixième leçon, avait préparé l'air de Musetta. La chanteuse se concentra un instant sur la partition, observa le profil de Mme Volk, baissa les yeux et jeta un coup d'œil furtif sur sa gauche. Son regard croisa celui d'Armand et revint très vite sur la partition. Mme Volk donna le *mi* du *Quando*, et la chanteuse attaqua.

Quando m'en vo'

Quand je m'en vais

Le professeur l'interrompit aussitôt.

— Ma *chérrie*, vous avez une grande voix, je comprends votre désir de la faire passer, mais vous mettez trop d'épaisseur sur le médium ! Vous aurez un boulet au pied pour les aigus, et vos cordes seront bloquées. Reprenez sans pousser.

Tatiana reprit. Son professeur la laissa poursuivre une phrase de plus :

Quando m'en vo' soletta per la via
Le gente sosta e mira

Quand je m'en vais seule par les rues
Les gens s'arrêtent et regardent

— Ma *chérrie*, le bas médium n'est pas mal, mais pour atteindre les aigus, vous devez préparer le corps. Dégagez le bassin ! Continuez.

Ed assaporo allor la bramosia sottil
Che dagl' occhi traspira
E dai palesi vezzi intender sa
Alle occulte beltà

Et je savoure alors la convoitise subtile
Qui transpire de leurs regards
Et qui s'arrête aux charmes visibles
Pour deviner les beautés cachées

— Voilà !

Pendant que Tatiana poursuivait son air, Heidi Volk quitta le piano. Passant derrière la chanteuse, elle posa les mains sur le ventre de Tatiana.

— Allez-y !

Cosi l'effluvio del desio
Tutta m'aggira
Felice mi fa, felice mi fa !

Alors l'effluve du désir
M'enferme tout entière,
Me rend heureuse

— Assouplissez l'abdomen, écartez les parois des côtes, adossez votre dos comme sur le dossier d'une chaise, ouvrez les hanches, voilà !

Ses gestes étaient étranges, un mélange d'incantation et de physiothérapie.

— Maintenant alimentez en oxygène, voilà ! Ouvrez la nuque, exposez les voyelles dans les tempes, là, les pommettes doivent faire le pont sonore au-dessus de l'arête du nez, faites le *ou* d'*effluvio*, voilà ! C'est la voyelle qui tient le son, pas l'inverse ! Continuez.

E tu che sai,
Che memori e ti struggi,
Da me tanto rifuggi ?

Et toi qui sais
Qui te souviens et te consumes
Tu me fuis tant que cela ?

So ben le angoscie tue

Je les connais, tes angoisses

Tatiana chantait de tout son corps, avec audace et abandon. Sa sensualité déroutait Armand. Son regard était fixé sur la poitrine de Tatiana, où la pointe des seins marquait toujours plus sous la blouse. L'émotion de la chanteuse était aiguë, double : elle observait Armand du coin de l'œil et, à son plaisir sensuel de chanter, s'ajoutait celui de voir naître l'émotion chez son spectateur.

Heidi Volk interrompit à nouveau :

— Ma *chérrie*, chanter c'est comme la vie, il y a des contradictions. Il faut de la douceur et de la force, il faut le corps mais il faut l'âme, sinon ce n'est qu'une farce. Vous avez la beauté intérieure, ma *chérrie*, l'âme, la sincérité qui manquent à tant de chanteurs, et la richesse du timbre, et la profondeur du son, vous êtes bénie des dieux, vous avez tout ! Sauf – Mme Volk fit une pause – un peu de patience ! Vous avez une voix : laissez-lui le temps de grandir ! Ecoutez votre corps ! Aimez-le, soyez douce avec lui. Allez, on reprend. Ouvrez les côtes, allez plus bas que le diaphragme, là, comme cela, vous donnerez de la puissance à votre voix et vous deviendrez vraiment une "grande soprano", ma *chérrie*, grande par la voix et grande par la gloire. Recommencez depuis le début.

Elle retourna au piano. Tatiana s'exécuta, reprit tout l'air et le conclut à la perfection par le *morir*, un *sol* dièse qu'elle rendit piquant comme deux banderilles.

Heidi Volk ôta lentement ses lunettes, puis regarda en direction d'Armand.

— Elle est prête pour le Concours.

Armand regardait Tatiana et ne répondit pas. Heidi Volk reprit :

— Musetta est trop souvent chantée comme un rôle de cocotte. Tatiana lui rend son humanité. Elle m'a émue.

Elle resta un instant pensive.

— Mais une carrière ne s'arrête pas à un concours. Je vous laisse filer, ma *chérrie*, j'ai encore un cours. Merci mille fois d'être venu assister à la leçon, Armand, vous voyez, on avance.

— C'est moi qui vous remercie.

Armand et Tatiana descendirent en silence l'escalier qui menait au foyer du rez-de-chaussée, puis les marches extérieures qui donnaient sur la place Neuve. Armand tendit la main et dit : "C'était magnifique", n'attendit aucune réponse et partit très vite vers le boulevard du Théâtre. Il emprunta le passage piéton, omit de regarder sur sa droite, et un motocycliste l'évita de justesse. Tatiana le vit s'éloigner ; il courait presque. Elle rangea ses partitions dans son sac, en ajusta la bandoulière et se dirigea vers la Treille.

*

Armand comprit qu'il perdait pied. L'image de Tatiana chantant l'air de Musetta dévorait ses pensées, comme un insecte qui plante ses mandibules sur sa proie et la vide de sa chair. Armand revoyait le profil de la chanteuse, poitrine tendue sous le tissu de la blouse, le ventre qui ondulait selon la ligne de chant, et le dos plat et fier qui accentuait sa cambrure. Il aurait voulu toucher, arracher, caresser, malaxer, mordre, pénétrer. Ce bouillonnement de sensations le plongeait dans le désarroi, comme celui qui, face à l'incontinence, ne peut que constater avec honte les dégâts dus à sa déficience. Serrer les masséters et laisser partir le souffle à dix ne suffisait plus. La maîtrise – sa vie, sa règle – avait cédé au désir.

Le souvenir de la leçon de chant l'inondait d'émotions adolescentes, un mélange de désir, de peur et de honte. Au terme de sa première masturbation, il avait été pris de panique, persuadé d'avoir commis un acte irréparable et que sa santé serait pour toujours ruinée. Le plaisir violent de l'explosion avait été peu de chose en comparaison de la peur d'être découvert. Le lendemain matin au petit-déjeuner, son père était resté plongé dans les pages du *Journal de Genève*. Sa mère prenait alors des doses massives de tranquillisant et dormait tard en matinée. Seule Lia, qui servait à table, lui avait dit quelques mots, mais tout s'était passé comme à l'habitude.

Cinq ans plus tard, il était toujours vierge et s'était résolu à changer de statut à l'occasion d'un séjour à Munich. Le gardien de nuit du Studentenheim, un étudiant romain du nom de Mauro, lui avait recommandé un bordel à la Hohenzollernstrasse, une rue bourgeoise du quartier de Schwabing, à un kilomètre environ de la Kaulbachstrasse où se trouvait sa pension. Armand avait fait le trajet dix fois sans oser pousser la porte, s'était décidé à la onzième, avait monté à la hâte deux étages d'un escalier étroit, et avait fini par tomber sur un groupe de femmes, six ou sept, en discussion très animée, toutes assez jeunes, sauf une. Elle était debout, le visage bouffi. Ses cheveux gras et raides lui tombaient sur les côtés. Elle l'avait interpellé comme à l'école, d'un mouvement du menton :

— *Do you want a girl ?*

Armand s'était décidé.

— *How much ?*

— *Forty marks.*

Les filles riaient gentiment, sa virginité étant facile à deviner. La maquerelle n'avait pas le goût d'attendre :

— *OK, which girl do you want ?*

Armand n'avait pas compris qu'il avait à choisir parmi celles qui se trouvaient devant lui. Les femmes ressemblaient à des employées de bureau ou à des maîtresses d'école, en aucun cas à des prostituées. Il avait opté sans choisir pour la première de la rangée, une brune qui s'était avérée être petite de taille, ce qui l'avait rassuré. La fille avait salué ses compagnes, l'avait pris par le bras et l'avait entraîné dans une pièce qui donnait sur le palier. Elle s'était fait payer, s'était déshabillée entièrement à l'exception de ses chaussettes rouges qu'elle portait avec des chaussures à talons.

Rentré à la Kaulbachstrasse, il avait trouvé Mauro dans sa loge de gardien.

— *Allora, è andata bene** ?

— *Ha goduto***, dit Armand.

* Alors, ça a bien marché ?

** Elle a joui.

Mauro avait éclaté de rire :

— *E tu pensi che non fingesse** ?

Le lendemain, tous les pensionnaires italiens de la Kaulbachstrasse – par nationalités, c'étaient les plus nombreux – savaient qu'Armand était tombé dans le panneau grossier d'une prostituée à cinq minutes le coup. Heureusement pour lui, le séjour touchait à sa fin. Trois jours plus tard, il était à Genève, dépucelé, et content malgré tout d'un statut qu'il n'avait pas vraiment mérité.

La leçon de chant avait redonné au souvenir d'Armand sa couleur d'origine, violente, un mélange de désir et de peur. Il cherchait une issue à son désarroi, et sa détermination basculait au gré des émotions. Elles le traversaient comme s'il n'avait aucune épaisseur. La perspective d'une intimité avec Tatiana l'enivrait puis, dans l'instant qui suivait, il pensait à la force de Tatiana, à sa façon d'assumer son corps, et il en restait paralysé. Il se voulait alors raisonnable, décidé à ne pas se ridiculiser, à oublier, à faire comme si cela ne s'était pas passé. Puis une minute plus tard il se disait qu'il fallait "tenter, parler, au moins clarifier", et qu'il pourrait toujours s'excuser s'il le fallait, après quoi les choses rentreraient dans l'ordre, et son esprit se retrouverait libre, maître de ses émotions, comme avant. Puis il changeait à nouveau d'avis, imaginait l'humiliation, le rire cruel, l'échec, suivi du silence horrible, et il se disait que le mieux était encore de tout enfouir.

* Et tu penses qu'elle ne faisait pas semblant ?

X

LES GRENIERS DE MALAGNOU

Pendant deux semaines, Armand prit soin d'éviter Tatiana. Chaque fin d'après-midi il se rendit de sa banque à Malagnou, où il restait une bonne heure, ne rentrant pas chez lui avant huit heures du soir. Puis, d'un coup, il décida de provoquer la rencontre et entreprit un va-et-vient ridicule entre la rue Bellot et Malagnou : il rentrait à son domicile aux environs de dix-sept heures trente, prétextait une vérification et courait à Malagnou pour s'en retourner aussitôt, l'air affairé. Au sixième jour enfin il aperçut Tatiana. Alors qu'il quittait la maison, il se retourna juste avant de bifurquer sur la rue Emilie-Gourd, d'où son regard pouvait encore embrasser la rue Bellot. A cet instant, Tatiana passait l'angle de la rue Saint-Victor. Armand se donna une contenance et rebroussa chemin, si bien qu'ils arrivèrent en même temps sous la marquise. Il eut d'un coup le souffle court, inspira profondément, mais le cœur continuait à battre vite comme avant un examen. Tatiana était bras nus, chargée de partitions, le teint rose, essoufflée elle aussi par sa marche à pas soutenus depuis la place Neuve.

— Je souhaiterais vous montrer ma collection, dit Armand. C'est à deux pas, à Malagnou. Voudriez-vous faire un saut ?

La jeune femme le regarda posément. Elle ne semblait pas surprise.

— Avec plaisir, oui. Je pose mes partitions.

Elle fut vite de retour. Ils montèrent par la rue Emilie-Gourd. Tatiana marchait de son pas pressé, toujours en léger décalage devant Armand. En cinq minutes, ils furent devant l'immeuble qui donnait sur la place Guyonnet. Ils empruntèrent le vieil ascenseur sans échanger un mot, tendus l'un et l'autre. L'ascenseur s'arrêta au sixième, d'où un escalier menait aux combles. Armand précéda la jeune fille.

— Un immeuble de famille, dit-il en arrivant sur le palier, mon repaire de pirate !

Il fit jouer la clé et un cliquetis à répétition dévoila l'important blindage. La porte s'ouvrit sur les anciens greniers qu'Armand avait fait aménager pour y loger sa collection. Le sol était couvert d'une moquette bordeaux, tissée de lys jaune or. Un grand canapé de cuir rouge meublait l'entrée avec ostentation. Les murs étaient habillés de satin rose pâle, et deux encadrements peints de rouge vif, auxquels on avait ôté les portes, menaient chacun à une pièce. Dans celle de gauche, un fauteuil de bois à pivot était posé devant une longue table de ferme dont le plateau était couvert de revues et de papiers. Au milieu de l'autre pièce, un meuble rare, à plateau marqueté d'écaille de tortue, haut de plus d'un mètre, permettait de consulter les ouvrages en restant debout. Cinq étagères de bois massif, chacune d'environ un mètre cinquante de long, étaient chargées de livres minces et hauts, tous reliés du même cuir rouge. En réalité, chacun des livres était un coffret à dos arrondi et gaufré d'or, faisant office d'étui à une autre reliure plus mince et glissée à l'intérieur dans le sens opposé. C'était elle qui contenait le manuscrit tenu par un rabat et que recouvrait un papier de soie.

— Voilà, dit Armand, tout est là. Ici, sous la lettre K (il désigna l'un des rayonnages) viendra le manuscrit qu'a trouvé votre père. Il sera en bonne compagnie (Armand parcourut les étagères du doigt), il aura pour voisins Apollinaire, Breton, Joyce, Malaparte, Nietzsche, jusqu'à Zweig.

Il retira l'un des coffrets et en fit glisser le document relié qu'il contenait.

— J'ai reçu ce manuscrit de mon relieur la semaine dernière. Vous êtes la première à le découvrir. Voici la lettre qu'a écrite Nietzsche à son ami Paul Rée…

Il ouvrit le document et dénuda la lettre du papier de soie qui la recouvrait. La calligraphie de Nietzsche éclatait de force et de lyrisme. Il tendit l'étui à Tatiana qui le reçut avec précaution. Ses mains caressèrent celles d'Armand. Un petit vertige le secoua, un tournis infime. Il se sentit ridicule.

La lettre faisait deux pages, disposées face à face dans l'étui, et séparées d'un double papier de soie.

— C'est un grand honneur, dit Tatiana. Elle lut la lettre en silence, puis en répéta la dernière phrase à haute voix :

*Alles war so schön, so leicht, so vollkommen, ich weiss nicht, was mich ankam, ich erhob mich und versuchte mich in einem Tanzschritte**.

Elle ajouta :

— C'est très beau.

Elle rendit le manuscrit. Armand prit soin de ne pas lui frôler les mains. Il remit le coffret sur l'étagère, puis en choisit une demi-douzaine d'autres qu'il disposa sur la table haute.

— Tenez, voici une lettre de Tennessee Williams au producteur de sa pièce *Doux oiseau de jeunesse*, lorsqu'elle fut montée pour la première fois à Broadway. Voici une lettre qui n'est jamais partie, comme celle de Kafka, tiens, c'est drôle, je n'y avais pas pensé, une lettre que Giraudoux a écrite à Gide après avoir lu *Les Faux-Monnayeurs*. Mais c'était avant *Amphitryon 38* ! Giraudoux était alors peu connu et il s'est sans doute senti gêné d'envoyer la lettre. Pensez quelle coïncidence : c'est Jacques Piette qui l'a découverte !

Armand retira d'une étagère un volume de dimensions imposantes.

— Voici les coupures de presse liées aux achats que j'ai effectués. Comme vous le voyez, ils font

* Tout était si beau, si léger, si parfait, je ne sais pas ce qui m'a pris, je me suis levé, et j'ai esquissé un pas de danse.

souvent l'actualité. Il faut dire que dans ce domaine l'intérêt se restreint à un petit cercle.

La jeune fille semblait médusée.

— C'est très impressionnant, vous êtes fier, je comprends.

Armand se sentit rassuré.

— C'est une fierté qui ne doit pas être facile à partager, dit Tatiana.

Il s'imagina la prenant dans ses bras. Il n'osa pas. Il serait toujours temps. Il lui parla des joies que lui procurait sa collection, de leur partage difficile. Il était aux anges.

Soudain, elle partit d'un fou rire. Armand ne sut comment réagir et sourit faiblement, l'air gauche. Tatiana continuait à subir des soubresauts et ses yeux s'emplirent de larmes.

— Pardon, balbutia-t-elle.

Elle finit par recouvrer un peu de contrôle.

— Je ne voulais pas être impertinente, dit-elle en gommant une larme de son index.

— Je vous en prie, si la culture engendre la gaieté, c'est une bonne chose, dit Armand.

Il se dit qu'il avait parlé comme un vieux.

Il lui tendit la main, elle la serra en baissant les yeux et dévala les sept étages.

Armand s'installa sur la chaise pivotante. Il consulta quelques catalogues dont il fit défiler les pages en vitesse. Il commençait chaque fois par la fin et contrôlait le débit des pages en déplaçant son pouce gauche sur leur arête. Mais il cessa très vite et resta prostré. Une heure plus tard, il appela sa femme et lui dit qu'il travaillerait tard à la préparation des prochaines ventes. Vers neuf heures, il se leva enfin, ressentit une immense fatigue et quitta Malagnou. Il reçut avec soulagement la gifle froide de la bise qui balayait le boulevard des Tranchées et décida de prolonger sa marche jusqu'au Bourg-de-Four.

N'était-ce pas la première manche d'une partie désormais entamée ? Il pouvait poursuivre ou abandonner, ce qui ne ferait que confirmer son échec. Il fallait donc poursuivre. Mais le jeu en valait-il la chandelle ? Et si elle se rebiffait ? Il y avait aussi la possibilité qu'elle ne dise pas non, mais que l'affaire se termine par un fiasco. Il pouvait se révéler un piètre amant. Sans oublier le risque d'un scandale. D'une crise familiale. Et s'il se retrouvait prisonnier d'un attachement sans issue ? Mais la perspective de ces coûts s'estompait davantage chaque minute. Le mérite d'une vie à l'abri du brouhaha diminuait au point de disparaître. Le risque d'une rupture conjugale lui sembla soudain une péripétie. Peut-être une aubaine. Pourquoi y aurait-il impasse ? Avant la douleur viendrait le bonheur, et pour le reste, on verrait plus tard.

Il arriva au Bourg-de-Four par la rue des Chaudronniers et fit le tour de la place avant de remonter la rue Etienne-Dumont. Il était épuisé. Au moment où il passait devant le café des Belles-Filles, un jeune homme en sortit et une gerbe de rires s'échappa de la salle bondée. Armand n'y était jamais entré. Le café était sur son itinéraire quotidien, mais il n'avait jamais pensé s'y arrêter pour "prendre un verre". Il saisit la porte que venait de pousser le jeune homme avant qu'elle ne se ferme et s'approcha du bar. Il commanda un thé. Les clients, de jeunes adultes, semblaient tous se connaître. Il reconnut un neveu de sa femme, Marc, et le salua d'un petit signe. Assise à sa table, parmi d'autres, il vit la serveuse du Jardin-d'Eden, celle qui ressemblait à Claudia Cardinale jeune. Il ne lui avait jamais adressé la parole, n'était même jamais entré au Jardin-d'Eden, mais à la croiser ainsi il eut le sentiment d'être pris en faute. Il l'avait imaginée avec un gars du bâtiment. Il s'était donc trompé, elle devait être la maîtresse d'un fils de famille. Il détourna brusquement la tête en direction du bar et, malgré lui, il croisa son regard dans le miroir situé au-dessus du comptoir. Il baissa les yeux, paya son thé trop chaud pour être bu et sortit.

A dix heures il arriva rue Bellot. Au rez-de-chaussée, aucune lumière ne filtrait sous la porte de Tatiana. Il monta au premier, se servit un verre de cognac et s'installa devant la télévision de la bibliothèque. Il brancha le poste sur la chaîne financière, l'éteignit une seconde plus tard, prit de quoi écrire et se lança, le cœur battant.

Chère Tatiana,

La campagne genevoise produit des pommes dont un restaurant que je connais bien confectionne des tartes succulentes. Je voudrais que nous reprenions notre conversation. Si vous le souhaitez aussi, appelez-moi.

Bien à vous.
Armand H.

Il plia la lettre, descendit au rez-de-chaussée, la glissa sous la porte de Tatiana et remonta les deux volées de marches en les escaladant deux par deux. De retour à la bibliothèque, il s'étonna de la facilité avec laquelle il avait vaincu sa couardise.

*

Tatiana l'appela dès le lendemain matin. Ils convinrent de déjeuner le jour même à la terrasse du Dorian, près du Conservatoire.

*

Elle arriva en retard de dix minutes. Armand se leva. Ils se serrèrent la main.

— Pardonnez-moi, j'assistais au cours d'une amie chanteuse, j'étais prisonnière.

— Bien sûr, dit Armand.

Ils s'assirent et restèrent silencieux jusqu'à ce que le patron s'approche de leur table, carnet à la main.

— *Risotto ai porcini* comme plat du jour, *che ne dice, signor Hugues ? Con un po' di dolcetto* *d'Alba** ? Il avait prononcé *sior*, à la vénitienne. Ils acceptèrent.

— Vous ne m'avez pas laissé beaucoup de chance, dit Armand en la regardant dans les yeux.

Elle soutint son regard.

— Tout le monde vous inonde de compliments. Vous auriez voulu que je fasse comme eux ? Comment dit-on ? Cirer les pompes ?

Le coup était propre. Armand baissa les yeux et ne répondit rien, puis il releva la tête et observa les clients du restaurant. Déjeuner avec une jeune femme au Dorian ou chez Roberto, exposé au regard de tous, était légitime. Y être l'objet d'une scène ne l'était pas. Il ne fit pourtant rien pour calmer la jeune femme. Elle continua, avec force, presque avec mépris, maintenant sa voix tremblait :

— Je ne comprends rien à votre collection ! Quel intérêt, toutes ces lettres côte à côte, empaquetées dans leur double ou triple étui ! Elles étouffent ! Elles pourraient se trouver là où elles seraient utiles, dans de vraies collections ! La vôtre sent le renfermé.

Elle s'arrêta un instant, puis reprit :

— Le renfermé et l'argent.

Le garçon servit les risottos. La jeune fille avait les larmes aux yeux. Elle mangea deux bouchées. Armand était inerte. Tatiana consulta le ticket de caisse, régla le repas et se leva.

* Risotto aux bolets, qu'en dites-vous, monsieur Hugues ? Avec un peu de dolcetto d'Alba ?

— Allons voir votre collection.

Armand la regarda hébété et ne bougea pas. Tatiana le prit par le bras et le leva comme on le fait d'un enfant. Accrochés l'un à l'autre, ils traversèrent les voies du tram. Aux Bastions, elle lui lâcha le bras et remonta le parc en silence de son pas forcé. Armand la suivait, tête basse. Arrivés devant l'immeuble de Malagnou, ils étaient transpirants. Dans l'ascenseur, Tatiana prit le visage d'Armand entre ses mains et mordilla sa lèvre inférieure. Au palier du sixième étage, elle le lâcha enfin. Ils grimpèrent l'escalier qui menait aux combles et, sur le canapé rouge de l'entrée, ils firent l'amour avec désordre, voulant tout très vite.

Ils restèrent un long moment sans se parler.

— Tu avais envie de moi depuis Prague, dit Tatiana. Depuis la salle Týn, avant le café Slava. C'est juste ?

— Je ne sais pas. Peut-être.

— Et puis… Vouloir être si élégant est suspect… Qu'est-ce que ça cache ? Un homme blessé ?

— Vous avez fait… tu as fait ce qu'il fallait.

— Non, je veux dire : tu es triste en permanence.

— On m'a appris à faire ce que je dois. Mais ici et maintenant, j'ai fait une chose dont j'avais très envie, et puis…

— Et puis, et puis, et puis ! dit Tatiana joyeusement, s'étendant sur Armand en l'embrassant très longuement sur la bouche.

Elle se releva et le regarda d'un air soudain sérieux.

— Et puis, je sais tout.

— Ça doit être pratique !

— Non, je veux dire, je sais pour la lettre et la lettre explique tout.

Armand la regarda sans comprendre.

— J'ai dîné chez ta mère le jour de mon arrivée et j'ai compris. Tu sais, dans les pays de l'Est, on étudie les mouvements de libération avec soin… Je me suis souvenue que celui du Mexique avait eu lieu en 1910. Le nouveau-né dont parle Kafka, celui qui a perdu sa mère en couches, que son père voulait que Dieu reprenne en échange de sa femme, c'était ton père, n'est-ce pas ?

Armand ne répondit pas.

Elle l'embrassa à nouveau. Ils refirent l'amour avec douceur cette fois-ci. A trois heures ils se séparèrent. Charlotte ne serait pas rue Bellot avant dix ou onze heures du soir. Anne-Catherine était montée au chalet le jour même. Ils décidèrent de se retrouver le soir à sept heures dans le hall de l'immeuble, après la leçon de chant.

*

A son retour de la banque, Armand vit que la porte de Tatiana était entrouverte. Il chercha la phrase qu'il pourrait prononcer à forte voix si l'un ou l'autre des voisins empruntait en même temps que lui le petit escalier qui menait aux caves à vin, situées dans les sous-sols. Il opta pour “C'est tout à fait aimable de votre part, merci beaucoup”, pensant que cela ferait plus naturel s'il appuyait sur le "beaucoup", et décida finalement qu'il ne dirait rien du tout et poussa la porte. Les rideaux obscurcissants des deux fenêtres étaient tirés. Tatiana l'attendait debout. Elle le déshabilla entièrement, le mit au lit comme on le fait d'un enfant, se dévêtit à son tour et lui fit l'amour avec un abandon qu'il n'avait jamais connu.

Armand pénétrait le corps de Tatiana comme il l'aurait fait d'un univers sans gravitation ni repère, une mer de fluides et d'odeurs. Un monde de confiance. Les gestes auxquels l'invitait Tatiana lui confirmaient que son désir était partagé. Il entrait dans ce bonheur avec étonnement, la volupté déclenchait en lui autant de surprise que de joie. L'envie ne le quittait plus.

Tatiana avait la sensation de faire l'amour avec un jeune homme à peine pubère, vigoureux et gauche, qu'elle aidait à découvrir les audaces de la sensualité. La reconnaissance qu'elle lisait dans les yeux d'Armand transformait son plaisir en bonheur, et ce bonheur l'anéantissait. Après une heure de caresses, elle prit Armand dans ses bras, le serra aussi fort qu'elle put, puis éclata en sanglots. Armand restait accroché à elle, incrédule. Elle se ressaisit.

— Tu dois avoir faim. Allons manger.

Armand ramassa ses vêtements et alla docilement se doucher. Au sortir de la salle de bains, il l'entendit pianoter sur le Steinway dans la pièce voisine. Elle était en peignoir, il eut encore envie d'elle, mais la gêne le rattrapa. L'air qu'elle jouait lui sembla familier. Il fronça les sourcils, interrogatif.

— C'est l'air du film *Basic Instinct*, dit-elle, laissant s'écouler une seconde de silence pour mieux éclater de rire.

Ils se donnèrent rendez-vous au café de l'Hôtel-de-Ville. Armand quitta la rue Bellot en premier. Au café, pris d'une gêne subite, il s'installa rapidement à la seule petite table adjacente à la fenêtre. Tatiana le rejoignit. Elle lui caressa furtivement la main.

Armand pensa au déjeuner de midi. Il lui parut éloigné d'un siècle. Il observa la salle. Au fond du restaurant, près du comptoir, dînait B., son ami, assis seul à table. Il avait sans doute vu le geste de Tatiana. Leurs regards se croisèrent et ils se saluèrent de la main.

— Qui est-ce ?

Elle avait parlé à voix très basse.

— Un vieil ami.

— Ça t'embête ?

— Pas du tout, au contraire.

XI

REGARDS

— Bienvenue au Ritz, monsieur Hugues, avez-vous fait bon voyage ?

Derrière le comptoir de chêne cérusé, l'employé de réception affichait le sourire du grand professionnel hôtelier. Il tendit la main à Armand.

— Nous vous avons réservé la 427.

— Parfait, merci.

L'employé consulta son écran :

— La dernière fois, c'était la 627.

— C'est vrai, oui, parfait, merci.

— Vous aimez bien les 27, poursuivit l'employé.

Il regardait Armand par-dessus son comptoir et souriait de plus belle.

Armand était impatient. Tatiana devait l'attendre au petit salon depuis une demi-heure, peut-être plus. Il se demanda s'il n'y avait pas une pointe d'ironie dans le regard de l'employé, si son impatience n'avait pas transpiré dans sa façon de répondre "oui, parfait, merci", sous-entendant : passons à la suite, voulez-vous. Il se raisonna : "Surinterprétation, comme disent les psy, le pauvre garçon fait son travail."

Cela faisait cinq ans qu'Armand descendait au Ritz. Avant, c'était le Scribe, un très bon hôtel, plus discret, auquel son père était resté fidèle, et Armand avait suivi. Le changement avait eu lieu peu après la mort de Xavier Hugues. Il ne savait pas comment aider sa mère à sortir de sa mélancolie, et s'était dit qu'un séjour d'une semaine avec Lia dans un magnifique hôtel lui rappellerait peut-être le bonheur des étés passés à Portorose. Sa mère avait posé ses conditions :

— *Solo se vieni anche tu, almeno per un paio di giorni**.

Le séjour s'était révélé bénéfique : Livia Tedeschi avait passé une semaine très occupée à comparer le Ritz au Palace. Les chambres étaient beaucoup plus luxueuses au Ritz, bien sûr, mais il y avait à Portorose une simplicité, une solidité, et les salles de bains ! Somptueuses à Paris, elles étaient rares au Palace. Ce qui avait déçu Livia au Ritz, c'étaient les clients, des gens qui s'évitaient du regard. A Portorose, tout le monde se connaissait, on se retrouvait année après année, durant un mois, et même deux ou trois, et il en résultait une atmosphère de pension de famille qui rendait les séjours divins.

Armand avait depuis adopté le Ritz et y recherchait à chaque passage le climat tendre dont les deux vieilles dames l'avaient imprégné.

— Je vous accompagne à votre appartement.

* Seulement si tu viens aussi, au moins quelques jours.

Toujours souriant, l'employé de réception passa prendre la clé magnétique chez le concierge et conduisit Armand à la 427.

Dans la grande pièce, sur la table de marbre beige, Armand apprécia que la corbeille de fruits fût bien là, imposante, enveloppée d'un papier cellophane sur lequel était épinglée une enveloppe manuscrite à son nom.

— Vous remercierez M. Klein.

— Ce sera fait, bon séjour, monsieur Hugues.

Armand regarda sa montre. En attendant le bagagiste, il s'assit devant la corbeille de fruits et entreprit d'en ôter le papier cellophane. Du regard il balaya la grande alcôve, sur sa gauche. Un long rideau de soie, retenu sur les côtés par des embrasses, pouvait la séparer de la partie salon. La chambre n'avait de "suite" que le nom et le prix : c'était une seule pièce, mais immense et en équerre. Avec son antichambre et sa salle de bains, elle avait la taille d'un appartement.

Au coup de sonnette du bagagiste, Armand quitta sa chambre. La porte de l'ascenseur était à même hauteur du couloir, vis-à-vis de la 427, et Armand se dit que cette facilité lui éviterait de parcourir des kilomètres lorsqu'il retournerait à sa chambre avec Tatiana.

Elle l'attendait dans le petit salon Louis XV qui faisait charnière entre les deux longues galeries de l'hôtel. Elle était arrivée en avance et avait commencé à feuilleter avec nonchalance un *Figaro* posé sur la table basse. Au fil de l'attente, sa lecture s'était faite plus hachée : son regard quittait le journal, effleurait la page, guettait l'arrivée d'Armand, puis revenait à la lecture et ainsi de suite. Depuis un quart d'heure, elle ne lisait plus du tout, le regard à l'affût, rasant le dessus de la feuille.

Elle se leva d'un bond dès qu'elle le vit, fit glisser la bandoulière de son fourre-tout sur son épaule et le suivit sans un mot. Armand avait rebroussé chemin et la précédait de deux pas. Ils ne croisèrent personne jusqu'à l'ascenseur. Il était au rez-de-chaussée, porte ouverte, et ils s'y engouffrèrent, tendus l'un et l'autre. A la fermeture de la porte ils se regardèrent enfin, toujours sans se parler. Armand sortit le premier au palier du quatrième étage, enfila aussi vite qu'il put la longue clé dans la serrure magnétique et au petit déclic tira vers lui la porte d'un coup sec.

*

Il appela le service d'étage, reposa le téléphone et se retourna vers elle. Ils étaient ensemble depuis près de deux heures.

— Comment c'était dans le TGV ?

— Très bien, on a bavardé, le temps a vite passé.

— J'ai oublié, tu étais avec qui ?

— Anna, une Polonaise, elle est mezzo.

Elle sourit très légèrement et se retourna dans l'immense lit. Armand n'avait plus accès à son regard. Il lui caressa le haut de l'épaule que le drap ne cachait pas. Ni l'un ni l'autre ne dirent mot jusqu'à l'arrivée du garçon d'étage.

C'était un jeune homme brun, un type du Sud, aux traits fins et à la peau mate, beau garçon. Il fit rouler le chariot jusqu'au milieu de la pièce et plaça deux petites bergères face aux couverts. Tatiana, qui était restée couchée à l'entrée du garçon, s'assit d'un bond au moment où il s'apprêtait à quitter la pièce, mais c'était une seconde trop tôt. Le regard du jeune homme balaya sa poitrine nue, puis croisa celui d'Armand, sur lequel il se posa un court instant. C'était un regard résigné.

Armand fit mine de se lever. Tatiana le retint d'un geste de lutteur, en le plaquant des épaules sur le lit, et lui chuchota à l'oreille :

— Il m'a vue ?

— Vue et bien vue.

— Pardon.

De nouveau, elle lui avait chuchoté à l'oreille, puis d'un coup elle éclata de rire, se leva, toute nue, et s'assit devant le chariot.

Armand sourit très légèrement et enfila le peignoir de l'hôtel avant de s'asseoir face à elle. Il la regarda prendre à pleines mains un quartier de son club-sandwich et le dévorer, souriant des yeux tout en mâchant. "Indifférente et somptueuse", se dit Armand. Puis il se reprit : pas indifférente, libre, somptueuse et libre ; tout lui était possible. L'idée de la perdre lui sembla imminente. Qu'aurait été la réaction du garçon s'il n'avait pas été présent ? Pourquoi n'avait-elle pas attendu qu'il soit parti ?

Armand fut secoué d'un court vertige et se cramponna un instant aux accoudoirs de la petite bergère.

— Tu es fâché ?

— Non, bien sûr.

Il avait maintenant le même regard triste qu'il avait lu dans les yeux du garçon d'étage quelques instants plus tôt.

— Tu es jaloux ?

— Pas de lui, de toi.

— Tu n'as pas de raison de l'être.

— J'en ai mille, répondit Armand.

— Pardon, dit Tatiana, je ne voulais pas. Ou peut-être que je voulais. Je ne sais pas. Moi aussi j'ai peur de te perdre.

Elle se leva, se pencha et l'embrassa longuement. Elle était toujours nue. Elle le fit se lever, lui ôta son peignoir et le serra contre elle. Après une longue minute, elle se détacha de lui et il vit qu'elle pleurait.

— Ce n'est pas à toi d'avoir peur, c'est à moi. C'est moi qui ai de la chance d'avoir rencontré un homme comme toi.

Il avait de nouveau enfilé son peignoir. Il dit :

— Il faut qu'on se prépare.

*

— Tu crois qu'elle t'a *répéré* ?

— Certain, répondit Armand.

Répéré, disait Tatiana en roulant les *r*. "Je vous avais *répéré*", avait-elle dit en le voyant au café Slava. Armand sourit et il se demanda si ce n'était pas pour l'entendre prononcer ce mot de sa voix un peu voilée qu'il prenait ces risques. Ou était-ce parce que le fait d'être *répéré* lui procurait un sentiment délicieux, comme lorsque, au premier soir de leur liaison, il avait croisé B. au café de l'Hôtel-de-Ville ?

— Je t'avais dit d'être plus prudent.

Elle avait suggéré qu'Armand prenne deux billets séparés et qu'après le spectacle ils se retrouvent à l'hôtel, mais il avait insisté. Dans la foule qui descendait les marches de l'Opéra Bastille un instant plus tôt, ses yeux étaient tombés sur ceux de Josette Manos, la chroniqueuse musicale de *La Tribune*. Ses critiques couvraient la vie lyrique genevoise, mais aussi, de temps à autre, telle ou telle grande production d'opéra à Paris ou à Salzbourg. Son regard s'était bel et bien arrêté une fraction de seconde sur Armand. Elle avait disparu un instant, puis Armand l'avait repérée. Maintenant, elle était devant eux et se dirigeait seule à pied de l'autre côté de la place, sans doute chez Boffinger.

— Elle est loin, maintenant, dit Armand.

— Tu vas annuler ?

— Certainement pas.

— Armand, je ne pourrai pas.

— Ce qui serait imprudent, c'est que tu ne viennes pas.

Le lendemain soir, un dîner était prévu rue Bellot. Anne-Catherine y avait convié Tatiana et son père, qui arrivait de Prague le jour même, Livia et Lia, Heidi Volk et son mari, et, sur l'insistance d'Armand, Josette Manos. Avec Charlotte, qui avait accepté, ils seraient dix.

— Armand, c'est impossible.

— Tout ira bien.

Il s'arrêta au milieu des marches.

— Je suis si heureux.

Il avait prononcé la phrase en regardant ailleurs, comme s'il avait énoncé une banalité. Elle répondit :

— Le destin est amoureux de nous.

Ils reprirent la descente.

— Comme elle était belle, dit Tatiana.

Elle, c'était Renée Fleming, la plus belle Maréchale du moment. Elle aussi avait tout reçu des dieux et en avait fait le meilleur usage : une voix polie et tendre, mise au service d'une carrière intelligente. Elle avait tenu toute la production. *Le Chevalier à la rose* monté par Hugues Gall était un événement.

— Ce rôle est pour toi, dit Armand.

— Pour ma tessiture, oui, mais pour moi… qui sait, dans beaucoup d'années. Elle éclata de rire et ajouta : Mille ans ! Elle reprit, d'un air soucieux : Elle va nous dénoncer, tu crois ?

— Tout ira bien.

Il lui serra le bras et la conduisit vers le taxi.

*

Ils arrivèrent à l'hôtel vers onze heures du soir. Armand insista pour manger quelque chose au bar. Il était presque vide et ils choisirent une table avec banquette.

Le garçon s'approcha. Ils commandèrent des carpaccios.

— Tout cela, c'est à ce garçon que nous le devons, dit Armand.

— Je ne comprends pas.

— A peine étions-nous assis qu'il est venu, avec une politesse exquise, prendre notre commande.

— Alors ?

— Lorsque l'on est habitué à être ainsi servi, on acquiert une autorité, une façon d'interpeller le garçon qui l'incite à répondre sans tarder.

Armand souriait.

— Je ne comprends rien à ce que tu racontes.

Elle avait parlé en fronçant les sourcils, l'air sérieuse.

— Rappelle-toi ! C'est parce que Kafka n'arrivait pas à attirer l'attention du garçon qu'il a connu Marcel Proust au café du Train-Bleu !

Elle l'interrogea du regard.

— C'est ici que Proust passait ses journées et ses soirées. Le Ritz était son second chez-soi…

Elle comprit enfin. Mais c'était à son père qu'elle devait son bonheur, pas au garçon. Son regard traîna tout autour du bar. Leur table était visible même des clients qui empruntaient la galerie ou se dirigeaient vers l'ascenseur.

— Tu ne crois pas que c'est idiot ?

Elle avait parlé comme une maîtresse d'école. Du dos de son index, il lui caressa la joue.

— Tu cherches vraiment à être vu ?

— Peut-être.

Il souriait sans retenue.

— Pervers !

— Pas pervers, amoureux. Un amoureux qui veut être vu avec celle qu'il aime.

Il réfléchit un long moment, puis ajouta :

— Se rassurer, se convaincre qu'il ne rêve pas.

— Dans les yeux des gens ?

Il eut un regard de défaite :

— Un homme qui collectionne des lettres manuscrites, c'est un homme qui vit par procuration.

— Je ne suis pas une lettre manuscrite, monsieur le grand collectionneur !

— C'est pour cela que j'ai peur, répondit Armand.

XII

PLAN DE TABLE

Ecrire offrait un essaim de plaisirs à Anne-Catherine. Cela commençait par le bruit du stylo à encre qui crisse sur le papier bleu ciel. Elle utilisait un Parker 51 qui avait appartenu à son père ; le trait de la plume était un peu épais et le mode de remplissage désuet – une petite valve verticale qu'il fallait presser et remplir deux ou trois fois pour bien faire le plein du réservoir – mais le plaisir était chaque fois présent, intact, une satisfaction tactile à laquelle s'ajoutait celle du devoir accompli. Chaque lettre était écrite à propos, utilisait les mots justes et marquait le savoir-faire d'Anne-Catherine : c'étaient surtout des remerciements écrits au lendemain d'un dîner, des condoléances, ou alors des encouragements. Elle en rangeait une copie avec soin dans des classeurs à séparations alphabétiques, alignés dans un compartiment du buffet de la salle à manger.

Assise à sa place habituelle, en bout de table, Anne-Catherine se sentit rassurée, tout entière dans l'attente du plaisir d'accomplir parfaitement son devoir. Elle observa la feuille bleue et se mordit la lèvre supérieure. Elle avait listé les noms des invités sur deux colonnes – à gauche les femmes, et en vis-à-vis, à droite, les hommes. Les paires étaient au nombre de trois : Tatiana et son père, Heidi Volk et Luc, son mari, et bien sûr les Armand (selon la coutume, les couples étaient identifiés par le prénom du mari). Après quoi la colonne de gauche s'allongeait désespérément sans contrepartie : y figuraient Josette Manos, Livia et Lia, et enfin Charlotte, une table de sept femmes pour trois hommes.

Anne-Catherine analysa le plan de table. Personne ne se sentirait gêné. Elle conclut qu'une fois encore, elle avait réussi la quadrature de la table ovale. L'expression lui était venue des années plus tôt, un soir d'"OS". Les dîners liés aux activités culturelles d'Armand, ou à son association Le Français pour tous, étaient des "OS", des "Obligations Sociales", des repas durant lesquels Anne-Catherine recevait des hôtes peu habitués au grand monde. Elle restait sur le qui-vive, prête à relancer la conversation, alors que les dîners entre amis se déroulaient presque tous de manière parfaite : chacun connaissait tout le monde, avait du toupet à revendre et l'on ne s'y ennuyait jamais.

Pour l'"OS" consacrée à Tatiana, Anne-Catherine examina une dernière fois son plan de table et observa que la journaliste était mal placée pour avoir un contact visuel direct avec Tatiana. Elle envisagea de permuter Lia et Josette Manos, mais l'idée de faire asseoir la chroniqueuse à côté de

Livia lui sembla mauvaise. Sa belle-mère ne comprendrait pas les piques dont la journaliste était friande. Elle se dit qu'au fond, elle aimait bien sa belle-mère et décida de laisser son plan tel quel.

Teresa frappa à la porte de la salle à manger :

— Et pour le vin, madame ? Le service ?

— Pour le vin, voyez avec M. Armand.

— Mais il est à Paris, madame.

— C'est vrai, mon Dieu, je suis dans la lune, quel vin avait-il choisi pour le dernier dîner du Conservatoire ? Prenez le même, il doit bien en rester à la cave.

— C'était un pinot noir de Dardagny. Et pour le service ?

— Prenez le Limoges blanc, le tout simple.

Le service était splendide, mais discret, de couleur ivoire orné d'un double filet doré. Le service russe qu'Armand avait fait venir de Moscou était réservé aux hôtes capables d'apprécier sa magnificence sans en être gênés. Anne-Catherine hésita : Pavel était antiquaire à Prague, il aurait peut-être un regard aigu sur l'apparat de table. Puis elle se dit qu'elle ne savait trop s'il était antiquaire ou une sorte de brocanteur pour touristes, et décida de s'en tenir au service blanc.

Elle se leva, lissa du plat de la main sa jupe de soie beige et s'apprêtait à ranger ses papiers dans le buffet, lorsque son regard tomba sur la rangée de classeurs. Il y en avait cinq qui se répartissaient les vingt-six lettres de l'alphabet. Elle sourit au souvenir de sa grand-mère maternelle. Elle eut une bouffée de tendresse. A sa mort, on avait trouvé cinq cartons rangés dans une armoire de sa maison du Creux-de-Genthod. Ils contenaient des tissus de toutes sortes triés par couleurs. Les cartons étaient étiquetés et marqués d'une écriture ronde, à l'encre violette : “Rouges et roses”, “Verts et bleus”, “Gris”, “Autres”. Sur le dernier carton l'étiquette disait : “Tissus ne servant à rien.” Le sens de l'épargne faisait partie de l'héritage et Anne-Catherine le revendiquait sans réserve. “Nous lui devons tout”, lui disait sa mère. C'était vrai.

Sur toute sa longueur, le buffet était surmonté d'un immense miroir dont les bords biseautés suivaient une découpe Art nouveau. Anne-Catherine s'y aperçut. Bien que son visage ne fût pas reflété, elle ne put empêcher un pincement des lèvres. Elle les rentra comme pour égaliser un rouge à lèvres, dans le but d'aplatir les rides qui descendent du nez. Elle relâcha vite le mouvement, apprécia sa taille, très fine, son ventre plat, et la portion basse de ses seins, assez forts et encore magnifiques. Elle esquissa un mouvement très bref, des deux mains, comme pour tirer son soutien-gorge vers le haut, et l'arrêta dans l'instant. Elle n'allait pas s'ajuster les seins pour Teresa.

Elle rangea ses papiers dans le buffet, alla s'asseoir à la bibliothèque et resta assise devant la télévision éteinte, à réfléchir aux gestes qu'elle avait esquissés face au miroir. Elle en ressentit de l'amertume, comme une injustice. Elle avait quarante-trois ans, de beaux seins, et seulement deux hommes les avaient mordus. Deux hommes, dont aucun n'y faisait plus attention. Des seins pour des prunes. Un cul pour la frime.

"Ma chi te lo fa fare ?* lui lançait Tullio, dans un mélange de moquerie et de reproche. Le diplomate rattaché à la Mission italienne auprès des Nations unies était resté leur voisin du troisième étage pendant quatre ans ; il avait été l'amant d'Anne-Catherine les dix-huit derniers mois de son séjour. Il avait raison et il avait tort, Tullio. Tout cela c'est fini. Tullio avait été muté à Rome deux ans plus tôt, et depuis, plus rien. Deux hommes, et voilà. "L'un et l'autre se fichent que j'existe", l'un de près et l'autre de Dieu sait où. Tullio était venu seul à Genève, séparé de sa femme pour le travail, d'une vanité frisant le crétinisme, inculte, très présentable, et surtout disponible, détendu, insouciant à l'excès. Beau. Pas aussi parfait qu'Armand, plus âgé, plus lourd, mais un peu plus haut de taille, par contre. *"Chi te lo fa fare ?"* Pour cette liaison aussi, on pouvait se poser la question. Un dimanche sans Armand, Anne-Catherine fit la bise à Tullio au sortir de l'ascenseur, une à droite, une à gauche, et à la troisième, leurs bouches se rencontrèrent, par jeu pour lui sans doute, par tristesse pour elle.

Combien de fois avaient-ils fait l'amour en dix-huit mois ? Sept, huit ? Laquelle était la dernière ? C'était au chalet. La huitième ? C'était son chiffre

* En italien familier : Mais qui t'oblige ?

préféré. Cela lui avait bien réussi, elle avait oublié ses pilules à Genève. Les raisons qui la décidèrent à avorter lui revinrent lentement. Charlotte, peut-être. A douze ans, elle lui faisait la guerre sur tout avec une foi de zélote. Et puis cela aurait impliqué la fin de sa liaison avec Tullio, ou alors il aurait demandé sa mutation, ce qu'il n'avait du reste pas manqué de faire, dès qu'il avait appris qu'il l'avait mise enceinte, une année en avance sur le terme des cinq ans qu'il aurait dû rester en mission à Genève. Il y avait aussi le respect pour Armand, malgré l'inconsistance de leur couple, même si par la suite, elle s'était dit que c'était de l'honnêteté à géométrie variable, comme sa vie, un dosage douteux dans lequel les convenances avaient la main haute sur la sincérité. Pourquoi m'a-t-il épousée ? se demanda Anne-Catherine. Pour faire plaisir à son père, bien sûr. Et moi, pourquoi l'ai-je épousé ? Parce que je l'aimais. Il y avait là une injustice sur laquelle elle était prête à passer, pour autant qu'il l'aide un peu à être elle-même et à ne pas sombrer dans la caricature, ce qu'elle était en train de faire.

Son gynécologue s'était montré compréhensif. Elle prétexta l'ablation d'un lipome et Armand lui apporta des fleurs à la clinique. Bien sûr qu'elle aurait pu garder cet enfant. Tullio était brun comme Armand et ses traits ressemblaient à ceux d'Anne-Catherine, son nez, surtout, court et droit. Tant pis. Elle consulta sa montre : il était presque sept heures et demie. Elle se souvint qu'Armand passait la soirée à Paris et se promit d'aller sonner chez Tatiana vers huit heures pour lui demander si elle souhaitait partager son repas. Elle n'avait jamais eu un tel geste depuis l'arrivée de la chanteuse. Son père arrivait le lendemain, c'était une occasion de l'entourer. Le geste serait remarqué.

*

Au dessert, Anne-Catherine était contente. Elle n'avait pas eu à user de l'arme ultime, les signes du zodiaque, efficace mais quelconque. Elle avait relancé la conversation deux ou trois fois à peine, et à chaque fois elle était repartie rondement. Elle connaissait bien les sujets, elle aurait pu les piloter avec doigté si la nécessité de les accompagner s'était avérée nécessaire. La conversation roula d'abord sur la collection d'Armand. Luc Volk voulait savoir si certaines des lettres manuscrites avaient trait à la médecine ou à des problèmes médicaux. Armand lui répondit par l'affirmative : grands ou petits, les hommes écrivent volontiers sur leurs malheurs. Chacun rit. Anne-Catherine s'adressa à son voisin de droite.

— Armand vous fera visiter sa collection, votre fille l'a déjà vue, je crois, n'est-ce pas, Tatiana ?

— Je suis sûr que M. Kutman préférera passer les deux jours qu'il reste à Genève en compagnie de sa fille, dit Armand.

Pavel vit passer une ombre dans le regard de Tatiana.

— Je ferai ce qu'elle voudra.

— J'avais prévu d'aller demain à Chamonix, dit Tatiana à son père, presque en forme d'interrogation.

— C'est une très belle excursion, dit Anne-Catherine. Alors après-demain, peut-être ?

Mais personne ne lui donna réponse. Elle avait pourtant cherché à bien faire. Tant pis. Elle se dit qu'il fallait changer de sujet et choisit le référendum sur lequel les citoyens de Genève auraient à se prononcer quelques semaines plus tard, et auquel personne ne comprenait rien. S'agissait-il de la création d'un parc public sur une parcelle privée ? Etait-ce le contraire ? La personnalité opaque du promoteur, un Levantin tapageur, enrichi de façon obscure, alimentait gaiement la conversation. Enfin, ils en vinrent à parler du Concours.

— Vous savez, dit Anne-Catherine à Pavel Kutman, votre fille est dans de bonnes mains.

Tatiana plongea son regard dans son assiette. Livia, qui était assise en face d'elle, vint à son secours :

— Ne soyez pas gênée, c'est naturel, tout le monde vous aime beaucoup, vous verrez, vous allez gagner !

— Je vous suis très reconnaissant, dit Pavel à Anne-Catherine.

— Ma mère fait toujours les choses dans les règles, lança Charlotte.

Elle avait prononcé la phrase le regard levé sur le lustre de la salle à manger.

Une entreprise de sabotage ne ferait pas mieux, pensa Anne-Catherine.

— Ne faites pas attention, dit-elle en souriant à Pavel, c'est l'âge.

— Ta mère fait les choses très bien, dit Livia à Charlotte au même moment, tu devrais être fière d'elle.

— Pavel – je peux vous appeler Pavel ? –, ma belle-mère adore Tatiana, vous savez qu'elles ont chanté ensemble ? Et Heidi, bien sûr, qui est un professeur extraordinaire.

— Merci, Anne-Catherine, dit sobrement Heidi Volk. Monsieur Kutman, travailler avec votre fille m'offre un plaisir que je n'ai pas connu en quarante ans d'enseignement.

Pavel Kutman vit les yeux du professeur de chant se brouiller d'un coup. Elle ôta ses lunettes, se pencha vers son sac posé au pied de sa chaise et en ressortit un petit mouchoir.

— Et Armand a suivi un de ses cours, ajouta Anne-Catherine à l'intention de Pavel, il était emballé, n'est-ce pas Armand ?

Elle saisit à cet instant l'expression de Tatiana. Armand, qui à la même seconde observait sa femme, vit ses traits se relâcher. Anne-Catherine avait d'un coup le regard désemparé. La détresse était trop grande pour qu'elle puisse l'endiguer complètement. Armand porta tout de suite son regard sur Tatiana, assise à sa droite, et il comprit la perdition de sa femme. Les yeux plongés sur son assiette, Tatiana avait le regard flou. Elle pense à la leçon de chant, se dit Armand. Son sourire était d'une légèreté extraordinaire, doux comme lorsque l'on ne souhaite rien d'autre que de se perdre dans le souvenir.

Anne-Catherine était aux abois. Armand décida de forcer les choses et obligea Josette Manos à la complicité :

— Quels opéras se jouent à Paris ? J'y étais hier soir et je me suis posé la question, bien que je fusse pris à dîner. Gall fait un travail remarquable.

Maîtresse d'elle-même à nouveau, Anne-Catherine ne laissa pas le temps à la journaliste de répondre :

— Justement, hier soir, j'ai sonné chez vous sur le coup de huit heures... Tatiana ? Oui, je me disais que vous vouliez peut-être partager une assiette de potage avec moi...

— Merci, madame, j'étais chez mon amie Anna, la Polonaise, je lui donnais la réplique pour une scène de *Norma*.

Elle avait parlé très vite. Son regard ne s'était pas aventuré jusqu'à rencontrer celui d'Anne-Catherine. Il restait accroché à celui de son père. Josette Manos tenta de répondre à Armand, mais elle en fut à nouveau empêchée.

— Anna fera une excellente Adalgisa, dit Heidi, elle a un timbre, mon Dieu, un don du ciel, mais c'est drôle, je croyais qu'elle était aussi à Paris, elle a annulé son cours d'hier...

— Elle y est partie aujourd'hui, je crois.

Tatiana avait prononcé ces mots au moment précis où Josette Manos répondait enfin à Armand, lui disant : “J’y ai vu un magnifique *Chevalier à la rose* hier”, et où Anne-Catherine lançait en direction d’Armand :

— Décidément, tout le monde était à Paris, hier.

Les trois femmes avaient parlé en même temps mais la voix d’Anne-Catherine l’avait emporté sur les deux autres, sans doute parce qu’elle était la seule à s’exprimer sans avoir à cacher une partie de sa pensée.

Josette Manos avait été discrète, pensa Armand, moins par amitié pour lui que par solidarité avec une artiste, ou alors par antipathie à l’égard d’Anne-Catherine dont les dîners lui donnaient sans doute le sentiment de manger à l’office sous le regard condescendant de la châtelaine.

Personne ne s’était trahi, les apparences étaient sauves. Armand respira. Anne-Catherine avait déjà repris le dessus :

— Passons au salon, voulez-vous ?

— *Se fà tardi, dovemo rientrar**, glissa Livia à Lia.

Elles furent les premières à prendre congé. Pavel Kutman et Tatiana s’excusèrent aussi. Il était fatigué du voyage et sa fille tenait à l’accompagner à son hôtel situé près de la place du Cirque. La journaliste devait passer à la rédaction de *La Tribune*, face à l’hôtel, et proposa de les déposer. Ils acceptèrent. Charlotte avait disparu sans saluer personne. Finalement, seuls les Volk restèrent pour le café.

* En dialecte triestin : Il se fait tard, il nous faut rentrer.

XIII

FINALE

1

— Vous m'avez émue !

Heidi Volk ôta lentement ses lunettes, fit pivoter le tabouret du piano sur lequel elle était assise, et regarda Tatiana d'un air incrédule, comme si elle lui demandait : "Vous vous rendez compte ?"

*

Quinze jours plus tôt, il avait fallu choisir les morceaux de la finale. Tatiana eut gain de cause pour l'air de Salomé, un quart d'heure d'acrobaties et de précipices composé pour une soprano capable de tenir tête à un orchestre de cent musiciens. Mais la victoire avait été difficile et son professeur l'avait mise en garde :

— C'est un quitte ou double ! Si vous n'êtes pas à la hauteur, vous risquez d'indisposer le jury par un choix trop ambitieux, et même un peu… – elle fit une grimace – prétentieux !

Tatiana avait baissé la tête.

— Et puis, ma *chérrie* – le ton de Mme Volk se fit plus sec –, vous prenez des risques avec vos cordes. Vous n'avez pas l'âge de chanter cet air, vous le savez.

— Oui, madame.

— Bon. Va pour le Salomé, dit le professeur, mais à deux conditions. Voici la première. Quoi qu'il arrive, vous m'entendez, quoi qu'il arrive, vous refuserez le rôle pendant cinq ans. Un air, ça va, mais je connais le milieu. Si demain la presse dit : "Une nouvelle Salomé est née", on vous proposera le rôle partout. Promettez que vous le refuserez.

— Je le promets. Merci, madame.

— Cinq ans ! Votre profession est peuplée d'agents soi-disant artistiques qui font chanter trop et trop tôt pour s'emplir les poches, vous le savez ! Vous n'avez pas envie de vous retrouver à quarante ans avec une voix cassée ? Bon ! L'autre condition tient au second morceau. Vous souhaitez chanter l'air de Barberine, je sais, et M. Hugues m'a dit qu'il vous avait écoutée répéter. C'est un homme admirable et tout et tout, je sais, ma *chérrie*, mais il ne comprend rien au chant (Tatiana sourit tant qu'elle put). Il est comme ces gens qui croient qu'il suffit de savoir déguster pour savoir cuisiner. L'air de Barberine est mignon, mais avec Salomé, cela fait trop contraste. Prenez Pamina ! Ou Donna

Elvira ! Choisir Barberine serait une immense erreur, vous vous ferez mal voir du jury ! Non, je ne suis pas d'accord.

Tatiana avait insisté :

— Eh bien, vous l'étudierez en plus ! avait conclu son professeur.

*

Deux semaines après cette discussion, Tatiana venait d'interpréter l'air de Barberine comme son professeur ne l'avait jamais entendu.

— C'est drôle, dit Heidi Volk pour elle-même. Il s'agit d'une soubrette qui a perdu son épingle, mais au fond, cet air est aussi dramatique que celui de Salomé. Une épingle contre une tête… Mozart l'a écrit en *fa* mineur, comme la mort du Commandeur… Elle se ressaisit et regarda Tatiana posément. Elle tenait toujours ses lunettes à la main : Votre interprétation a mûri de dix ans en un mois. Je n'ai pas vu ça de ma vie… Que s'est-il passé, Tatiana ?

Tatiana baissa les yeux. Elle avait rencontré un homme qui l'attendait. Elle aimait voir le plaisir qu'il vivait chaque fois comme une surprise. Chaque rencontre était plus intime que la précédente, plus osée et plus naturelle. Leurs corps avaient appris à se connaître.

— Je suis très heureuse à Genève, répondit Tatiana.

— Je l'avais compris..., dit lentement Heidi Volk. Je ne savais pas que vous l'étiez tant.

2

Le Concours se déroulait sur treize jours. Les sept premiers étaient consacrés aux éliminatoires. Le programme prévoyait ensuite un jour de repos, deux jours pour les demi-finales et un jour de repos avant la finale. Les deux derniers jours étaient réservés aux répétitions avec orchestre et à la finale télévisée. L'annonce du jury d'exception avait eu l'effet escompté : deux cent cinquante chanteuses et deux cent vingt-deux chanteurs s'inscrivirent, des candidats du monde entier qui découvraient avec surprise que le Concours de chant de Genève était le plus prestigieux de tous. Une présélection sur dossier fut nécessaire – une première à Genève –, qui ramena le nombre de candidats à cinquante dans chaque catégorie.

Tatiana fut reçue, passa sans anicroche les épreuves éliminatoires, puis les demi-finales et accéda en finale en compagnie d'une Islandaise soprano légère et d'une mezzo américaine. C'était sans doute sa concurrente la plus dangereuse, très impressionnante, aussi noire que l'Islandaise était blonde, charpentée de corps et de voix autant que la Nordique était fluette et gracieuse. Une soprano française à la voix délicate avait fait les frais des éliminatoires en demi-finales. Le piquant de l'affaire était que sa petite voix à l'ancienne, faite pour chanter Delibes ou Fauré, plaisait beaucoup, plus même que celle de l'Islandaise. Mais la crainte de devoir défendre ce choix face aux quatre grands avait poussé les jurés à prendre les devants et chacun préféra expédier la Française sur la touche, de peur de passer pour vieux jeu.

Tatiana vécut ces quelques jours avec une intensité inouïe. La tension du Concours magnifiait son plaisir. L'amour s'embellissait, se nourrissait de l'épreuve de chant qui le précédait, il prenait des allures de rite. Tatiana se gorgeait des émotions de la journée et les partageait avec abandon. La tension du Concours portait sa sensibilité à l'extrême.

La veille de la finale, elle se rendit à Malagnou pour la dernière fois. A peine arrivée, elle éteignit les lumières puis embrassa Armand longuement. Ils se déshabillèrent dans le noir et firent l'amour sans échanger un mot. L'esquisse d'un geste suffisait à déclencher l'émotion ou à souffler la caresse souhaitée en retour.

— Je suis perdu et tu tiens le coup, dit Armand.

Elle chercha ses lèvres de la main.

— Un chanteur vit au bord du précipice, il a l'habitude du vide. J'essaie d'être réaliste.

Elle lui pétrit les lèvres de sa paume, l'empêchant de répondre, et ajouta :

— Mon père et Jacques Piette m'attendent à l'hôtel pour dîner.

Elle chuchota ces mots en embrassant Armand à la commissure des lèvres. Il ne répondit rien. Elle alluma, s'habilla, fit lever Armand et le prit dans ses bras comme on le fait d'un parent. Elle fixa sa nudité de la tête aux pieds.

— Tu es si beau.

Elle sortit. Dehors, elle se mit à pleurer sans bruit et choisit de descendre ce soir-là par la rue Adrien-Lachenal, laide et triste.

3

Mille choses attendaient Armand ce jeudi 5 décembre. En matinée, il devait accueillir les quatre membres du jury de finale. A midi, un déjeuner était prévu avec Jacques Piette et Pavel Kutman, puis il devait participer à la séance de coordination des jurés, réunis au complet. Le soir avait lieu la finale, et Jacques Piette lui remettrait le manuscrit.

A huit heures et demie, Armand quitta la rue Bellot pour l'hôtel du Rhône. James Levine, arrivant de New York, y était attendu aux alentours de neuf heures. Son voyage à Genève était une grande faveur : il se déplaçait peu et Armand avait dû batailler pour le convaincre. Puis devaient arriver Antonio Pappano de Londres et Hugues Gall de Paris. Enfin Riccardo Muti venait de Milan par avion privé. Le directeur de l'Opéra de Paris était un ami de longue date et avait accepté d'emblée de participer au jury. Pappano, le plus jeune des quatre, aimait beaucoup Genève pour y avoir dirigé l'Orchestre de la Suisse romande. Il y avait obtenu un succès retentissant. La presse, le public, les musiciens de l'Orchestre avaient salué son talent et sa fougue. Il avait immédiatement donné son accord. Pour convaincre Riccardo Muti, Armand avait dû recourir à l'aide d'un ami commun, industriel à Turin. Finalement tout s'était arrangé et le Concours de Genève offrait aux six finalistes un tremplin de carrière exceptionnel.

Le temps de bise, très froid et très sec, poussa Armand à marcher d'un pas vif. Passé les beaux immeubles de la promenade du Pin, son regard embrassa l'esplanade Saint-Antoine. Il aimait en goûter la perspective et ralentit, pour en prolonger la jouissance. Baignée d'un beau gris, la promenade était nue et envoûtante. "Austère, donc genevoise", se dit Armand en souriant. Il s'apprêtait à accélérer le pas quand tout à coup il fut secoué d'un vertige. Sur la cassette à journaux accrochée au garde-corps du pont Saint-Antoine, la manchette de *La Tribune* titrait, en grandes et grosses lettres : "Polémique au Concours de chant", et au-dessus, en plus petits caractères : "La finale a lieu ce soir."

Il courut au kiosque du Bourg-de-Four pour acheter le journal. Il le déplia au milieu de la place. A la une du cahier "Genève et région", l'article était intitulé : "Conflit d'intérêts au Concours de chant ?" Il faisait état d'une "relation amicale" entretenue par un dirigeant du Concours avec l'une des finalistes, T. K. La jeune chanteuse bénéficiait d'une bourse octroyée par une institution proche du dirigeant, alors que la même institution finançait la participation des quatre membres éminents du jury. Un conseiller municipal, interrogé par le journaliste, s'insurgeait contre "ce détournement des subventions culturelles au bénéfice de quelques privilégiés", et annonçait le dépôt d'une interpellation au Parlement. Au bas du même article, dans un encart intitulé "L'ère du marketing deviendra-t-elle l'air des paillettes ?" la chroniqueuse musicale, Josette Manos, mettait en cause le principe même d'un jury dont les membres n'ont pas assisté aux épreuves éliminatoires. Nulle part dans l'article le "dirigeant" n'était nommé, mais personne ne pouvait douter de son identité.

Armand respira profondément, retint son souffle, le laissa filer lentement, répéta l'opération deux fois encore, se ressaisit du mieux qu'il put et se dirigea rapidement vers l'hôtel du Rhône. Dans le grand hall, le président du Concours, affolé, faisait les cent pas. Il suggéra à Armand de convoquer la presse, mais Armand s'y opposa fermement. Les informations de *La Tribune* étaient parfaitement exactes : les frais de Tatiana Kutman et ceux des quatre jurés prestigieux avaient tous été pris en charge par la banque Hugues. Armand avait bel et bien commis une imprudence. De surcroît, il n'avait pas été discret, s'était affiché, souvent avec audace, en amoureux. Il ne pouvait s'en prendre qu'à lui-même. Les circonstances l'accusaient sans appel et *La Tribune* jouait gagnante.

Armand pria le président de le laisser agir et promit de le tenir informé de ses démarches. Le président l'implora de faire au mieux : il n'était pas préparé à gérer une crise de telle ampleur.

4

La salle baroque du Victoria-Hall était bondée. Elle brillait de tous ses ors et la retransmission télévisée qui nécessitait l'éclairage maximal en rendait l'atmosphère d'autant plus vibrionnante. Le Tout-Genève s'était déplacé et, comme avant chaque concert, un pressentiment d'émotion et d'impatience se dégageait de la salle. Depuis cent ans les plus grands s'y étaient produits : Fournier, Magaloff, Lipatti avaient été des habitués. Rubinstein avait joué dix-neuf fois dans cette fabuleuse salle. Szell, Solti, Karajan, Böhm y avaient dirigé l'Orchestre de la Suisse romande, qu'ici même Ernest Ansermet avait porté sur ses fonts baptismaux. Ce soir l'Orchestre était sur scène. Ce lieu était la fierté de Genève.

Placée sur chevalets devant la rangée quinze, une longue planche recouverte de velours rouge faisait office de table de travail pour les membres du jury. Armand était assis à la loge trois. Livia et

Lia étaient à ses côtés, au premier rang. Derrière elles se trouvaient Charlotte et Eric qui profitaient de l'absence d'Anne-Catherine. Furieuse à la lecture de l'article, elle avait décidé de boycotter la soirée. Côté pair, Pavel Kutman, Jacques Piette et sa femme occupaient le premier rang de la loge quatre, près des contrebasses. Heidi Volk et son époux étaient assis en milieu de parterre, au troisième rang.

Deux minutes avant vingt heures, alors que les musiciens de l'orchestre avaient à peine fini de s'accorder, les onze membres du jury pénétrèrent dans la salle. Venant des coulisses, côté impair, ils avaient emprunté le promenoir. Alors que les sept membres du jury initial poursuivaient leur chemin jusqu'au quinzième rang, les quatre grands s'arrêtèrent à la loge cinq, adjacente à celle d'Armand. Un brouhaha parcourut la salle. Le public avait compris : MM. Levine, Muti, Gall et Pappano n'auraient pas la fonction de jurés. Le président du Concours s'approcha du micro posé en avant-scène et s'adressa au public.

Mesdames et messieurs,

Merci pour votre fidélité à notre concours. Vous assisterez d'abord à la finale chant hommes, où vous écouterez, dans l'ordre (le président cita le nom des trois finalistes).

Vous assisterez ensuite, et sans entracte, à la finale dames, à laquelle seules deux candidates participeront (le président nomma la soprano islandaise et la mezzo américaine). *Mlle Tatiana Kutman a décidé de ne pas se présenter à la finale.*

Nous regrettons beaucoup cette décision, que nous comprenons et respectons. Comme vous le savez, le temps de préparation d'une finale avec orchestre est tel qu'une troisième finaliste n'a malheureusement pas pu être repêchée en dernière minute.

Je vous souhaite une très belle soirée.

Quelques applaudissements polis saluèrent l'intervention du président, le micro fut enlevé par un huissier et le chef d'orchestre arriva sur scène, précédé du premier candidat.

Armand vécut les deux heures qui suivirent comme dans son enfance, lorsqu'il pensait qu'un moment n'arriverait jamais, que c'était impossible, que ce serait la fin du monde et qu'il mourrait quand cela arriverait. Le temps n'en finissait pas de s'étendre, une seconde durait dix secondes, puis vingt, puis mille, rien ne bougeait. Enfin la chose arrivait et Armand était toujours surpris d'être encore vivant. *Eri tù*, chantait le premier finaliste, un baryton américain, l'air de Renato dans *Un bal masqué*, mais Armand n'écoutait pas. Il revivait les déjeuners à Jussy, interminables, atroces, chez le cousin Gilbert, associé de son père. Armand et ses parents y étaient invités une fois par an et ils allaient au repas comme à l'abattoir. Il fallait passer par les remarques de Gilbert sur la banque ("oublions l'incident, on a rattrapé le client, c'est l'essentiel"), les enfants ("tu éduques ton fils comme tu veux, bien sûr"), ou les dîners en ville ("c'est une maîtresse de maison admirable"). Les remarques étaient cruelles, mais le contrôle qu'avaient ses cousins sur leur méchanceté était si remarquable qu'aucun trait n'était assez franc pour créer la rupture. Le mépris des cousins pour sa mère envahissait Armand comme un mal insidieux dont on constate les effets lorsqu'il est trop tard pour s'en prémunir. Sa mère, selon eux, avait toutes les tares : une Italienne qui roulait les *r* après tant d'années, une déprimée, qui ne savait ni tenir son rang ni donner le change, une catholique et encore, il n'y avait qu'à la regarder de profil. Chacun de ces repas était interminable, comme si le supplice ne devait jamais cesser. Le retour en voiture était alors noyé de tristesse, tous les trois honteux d'avoir été inaptes, coupables, en définitive, de la méchanceté des cousins. Le trajet de Jussy au Grand-Mézel se faisait dans le silence, si bien que les vingt minutes du retour semblaient plus longues encore que les deux heures du repas.

5

La finale prit fin et Armand n'était pas mort. Certains spectateurs commençaient à se lever en même temps que les membres du jury, mais les musiciens restèrent sur scène. Il y eut un moment d'hésitation dans la salle. Un huissier ramena le micro à l'avant-scène, et le chef d'orchestre revint sur le plateau s'adresser au public :

Mesdames et messieurs,

La finale du Concours de chant est terminée. Dans le souci de vous faire patienter le plus agréablement possible pendant les délibérations du jury, nous vous proposons, hors compétition, l'air final de Salomé, *chanté par Mlle Tatiana Kutman, soprano.*

Le maestro quitta le plateau dans un murmure d'appréciation. Le violon solo demanda au hautboïste de donner le *la* et les musiciens s'accordèrent. Une minute plus tard, le maestro revint, souriant comme l'enfant qui a commis une espièglerie que personne ne pourra découvrir. Tatiana le précédait, vêtue d'un long drapé noir très simple dévoilant sa poitrine. Elle avait choisi de garder ses bras nus et ses épaules découvertes. Ses cheveux étaient tirés en queue de cheval et elle avait comme seul bijou sa chaînette en or, portée sans pendentif.

La salle l'accueillit par un tonnerre d'applaudissements. C'était l'approbation réservée à celui qui subit l'injustice. Charlotte était pétrifiée. Elle regardait Tatiana comme si elle ne l'avait jamais vue. Devant elle se tenait une autre personne, une inconnue, une grande dame, royale de beauté et de port. Le maestro ferma brièvement les paupières et porta son regard sur sa gauche. D'un mouvement à peine perceptible de la tête, la chanteuse lui confirma qu'elle était prête et le chef lança l'orchestre.

La première note que devait chanter Tatiana, un *la* bémol, n'était pas très aiguë mais l'orchestration qu'elle devait passer était imposante, et le “Ah !” durait deux temps et demi, avec la blanche liée à une croche. La note passa l'orchestre avec légèreté. La voix était ronde, naturelle même dans l'aigu, douce et forte. Elle ne luttait pas, faisait son chemin vers le public avec force et vibrato. Tatiana proposait son rôle en grande actrice, le déclamait autant qu'elle le chantait. Tout était parfait : sa voix puissante, son jeu intense et vrai, et sa beauté, anéantissante. Elle offrait au public les émotions d'une Salomé insolente, à la recherche de plaisirs violents, prête à en payer le prix, un être vrai qui aurait embrassé la bouche du mort avec abandon.

J'ai faim de ton corps
Et ni le vin ni les fruits
Ne peuvent apaiser mon désir.
Que ferais-je maintenant, Iokanaan ?
Ni fleuves ni grandes eaux
Ne pourraient éteindre ma passion.

Ah ! pourquoi ne m'as-tu pas regardée ?
Si tu m'avais regardée

Tu m'aurais aimée
Je sais bien que tu m'aurais aimée.
Le mystère de l'amour
Est plus grand
Que le mystère de la mort.

La tension dans la salle était inouïe. A la fin de l'air, le public explosa. C'était un triomphe. Armand resta cloué à son siège, immobile, la main gauche posée devant la bouche, comme lorsqu'on est frappé d'une immense stupeur. Autour de lui tout le monde se levait. Il tourna la tête en direction de la loge voisine. Les quatre grands, debout eux aussi, applaudissaient avec enthousiasme, se concertaient, tantôt hochant la tête vers un collègue en signe d'assentiment, tantôt la secouant d'un air incrédule. Armand en saisit quelques bribes : "… artiste… *carriera.*" A sa gauche sa mère et Lia hurlaient comme deux jeunes filles, debout : "*Brava, brava.*" Charlotte et Eric, debout, applaudissaient machinalement. Dans la loge d'en face les Piette s'étaient également levés. Le regard d'Armand tomba sur Pavel Kutman. Il était le seul spectateur à être resté assis comme lui. Au milieu du parterre, entourée par un public en délire, Heidi Volk avait son regard fixé sur Tatiana. Elle pleurait.

Tatiana eut droit à trois rappels. Au quatrième, les applaudissements ne faiblissant pas, le maestro bondit sur son podium, s'empara de sa baguette et lança en bis l'air de Barberine. Saisi de vitesse et par peur de perturber, le public se tut d'un coup et resta debout.

L'ho perduta... me meschina !...
Ah, chi sa dove sarà ?

Je l'ai perdue, pauvre de moi !
Ah, qui sait où elle est ?

Après la frénésie de Salomé, le petit fandango cueillit la salle par surprise. Barberine passe, en quatre vers, de la colère à la peur puis à la résignation : Tatiana interpréta la ritournelle avec simplicité, en fit ressortir l'intensité, les nuances, la délicatesse. Sa voix resta sur une seule ligne en un legato de rêve. La chanteuse avait désobéi à son professeur : dans l'ignorance de la diatribe parue dans *La Tribune*, le morceau avait été préparé le matin même et aurait dû être chanté en première partie de finale. L'erreur de jugement aurait été manifeste, mais présentée ainsi en bis, la ritournelle révélait l'étendue des émotions que Tatiana pouvait vivre et partager.

A la fin du morceau l'effet d'inquiétude fut total, car l'intervention intempestive de Figaro, prévue à ce moment-là dans *Les Noces*, n'avait bien sûr pas lieu. Il en résulta un silence dérangeant, quelques secondes de tension extrême, puis d'un coup le délire reprit. Armand se leva. Il regarda en direction des galeries. Le public était debout, serré contre les cordons, et recommençait d'applaudir à tout rompre. Il chercha le regard de Tatiana. Elle était en larmes.

Rien ne s'était passé comme il l'avait prévu. Tatiana n'avait pas chanté en finale. Les quatre grands n'avaient pas participé au jury. Par sa faute, le Concours risquait une interpellation au Parlement et sa vie était bouleversée pour toujours. Non, rien ne s'était déroulé comme il l'avait souhaité et pourtant tout avait marché à merveille. Une très grande carrière s'annonçait pour Tatiana. Il n'avait jamais été aussi heureux. Sa vie se dessinait hors de son contrôle et cette absence de maîtrise l'enivrait. Il se sentit léger.

Le public applaudissait encore, scandait sa claque. Tout à l'heure Jacques Piette allait lui remettre le manuscrit et cette perspective lui parut soudain tendre et dérisoire.

La seule chose qui lui importait désormais était de rejoindre Tatiana dans sa loge. Il lui fallait pour cela remonter le promenoir à contre-courant sur quinze ou vingt mètres. Dans la foule qu'il fendait, chacun ou presque cherchait son regard, l'abordait de quelques mots aimables, lui pressait le bras : “Vous savez, je n'ai pas cru un mot de l'article de ce matin, c'est scandaleux.” Il n'entendait pas. Quand reverrait-il Tatiana seul ? Laissons faire le destin, avait dit Tatiana. Le destin avait embrassé la chanteuse sous ses yeux. Elle l'avait séduit, lui aussi. Armand sourit. Il devenait ridicule. L'idée l'enchanta. Il se dit qu'il était temps. Une vie d'adulte sans risquer d'être ridicule, c'est cela qui était ridicule, cette crainte de chaque instant. Il fallait que chaque geste, chaque phrase, chaque remarque, chaque cravate, chaque bonjour, chaque sourire soit impeccable. Pourquoi ?

Il descendit les marches qui menaient du plateau aux loges des solistes lorsqu'il perçut en contrebas un brouhaha mêlé d'applaudissements : les musiciens de l'orchestre fêtaient Tatiana. Elle les avait conquis, eux comme lui, comme le destin, comme ceux qui dans la salle déglutissaient encore leur émotion. Demain elle rentrerait à Prague et il savait que la séparation serait douloureuse. Mais il se réjouit par avance d'en vivre la morsure, pour le plaisir des retrouvailles.

XIV

TRIESTE

— Navré d'avoir à vous annoncer une triste nouvelle, avait dit le docteur Claude, votre mère est décédée il y a une demi-heure. Elle n'a pas souffert.

Armand était dans la salle de conférences lorsqu'il apprit la nouvelle par téléphone. A l'écoute des premiers mots, il avait tiré à lui l'un des fauteuils de la table de conférence de peur de tomber.

— Que s'est-il passé ?

— Elle jouait aux cartes et puis tout à coup elle s'est sentie un peu fatiguée. Elle s'est dirigée vers son lit mais elle s'est écroulée avant d'y arriver.

Armand avait imaginé le petit corps qui s'effondre.

— J'étais là cinq minutes plus tard, mais il n'y avait rien à faire. Arrêt cardiaque.

Il y eut un silence. Le médecin ajouta :

— Je vous appelle de chez elle, je suis au salon, avec Lia, on l'a installée sur son lit. Elle est sereine.

Armand avait couru au Grand-Mézel. Il fallait appeler l'entreprise Murith, c'est elle qui se chargeait du transport à Trieste.

Trois jours plus tard, à l'aéroport de Milan entre deux avions, Armand revivait la scène comme une bande vidéo passée en boucle. Les premiers mots revenaient en ritournelle : "Navré d'avoir à vous annoncer une triste nouvelle, navré d'avoir à vous annoncer une triste nouvelle, navré d'avoir à vous annoncer une triste nouvelle..." Le haut-parleur situé au-dessus de la porte d'embarquement le sortit de son souvenir. Il annonçait *"un ritardo di trenta minuti circa"* du vol pour Trieste. "Navré d'avoir à vous annoncer une triste..." De nouveau Armand était pris par la ritournelle.

A l'annonce du retard de l'avion, deux passagers se mirent à jouer, l'un de l'harmonica, l'autre d'une flûte à bec minuscule qui ressemblait à un petit *grissino*. *"Musica sarda"*, dit quelqu'un. Les musiciens étaient jeunes, la vingtaine, habillés comme on l'est dans le bâtiment, après le travail. Le joueur d'harmonica ressemblait à un personnage de Pasolini, petit de taille, trapu, très brun, le cheveu fourni et bouclé. On aurait pu l'imaginer pilleur d'églises, avec son regard par en dessous, inquiétant et charmeur. Le bonhomme jouait un air lancinant et Armand eut soudain la conviction que les trois jours qui l'attendaient à Trieste résonneraient comme cette petite musique sarde, et que la douceur l'emporterait sur le déchirement.

Une poignée de billes, disait toujours sa mère, c'est ce qui nous reste de la vie, quelques instants, par-ci par-là, des souvenirs. On les sort de temps en temps, on les époussette et puis on les range, *e così via*. Armand venait à Trieste pour enterrer sa mère et aussi pour dépoussiérer quelques billes. A peine arrivé, il demanda au concierge de l'hôtel si l'on donnait un opéra au Teatro Verdi.

— *Sabato, c'è* Nabucco. *Interessa* ?*

C'était le premier opéra auquel sa mère avait assisté, à l'âge de dix ans. Chaque fois qu'elle en parlait elle racontait le double bis du *Va pensiero* : "Ils l'ont chanté trois fois, *ma pensa un po'***", et sa voix montait dans les aigus. Combien de fois n'avait-elle pas chanté le *Va pensiero* avec Lia ! Au Teatro Verdi, la veille de son enterrement, on donnait son opéra favori. La boucle était bouclée.

De son lit d'hôtel, il suffisait à Armand de lever un peu la tête pour voir, de l'autre côté de la piazza Unità d'Italia, la façade blanche de l'ancienne Generali, là où son père avait fait son stage en 1933. L'immeuble s'étirait sur la moitié de l'immense place, sans enseigne ni illumination, sauf un écusson arrondi qui faisait diversion, accroché comme un bouclier. Sans doute un consulat, se dit Armand. L'écusson rouge, frappé du croissant et de l'étoile blancs, lui fit penser à un décor pour *Il Turco in Italia*, l'opéra de Rossini.

Le matin du vendredi, il s'habilla en vitesse et à huit heures il était dehors. Il faisait à peine jour. La via dei Giustinelli où avait habité sa mère avait le sens de l'esquive : Armand ne la trouva qu'après

* Samedi, il y a *Nabucco*. Cela vous intéresse ?

** Pensez donc.

être passé devant à deux reprises. Elle se faufilait derrière la via Tigor, mais en était décalée d'au moins cinq ou six mètres, ce qui avait induit Armand à remonter la Tigor bien trop loin. Dès qu'il comprit son erreur, il descendit très vite et avala les marches qui compensaient la différence de niveau. Le numéro un de la Giustinelli, construit sur un rocher, occupait tout le côté ouest. La maison était impressionnante, toute de pierre ocre. Armand resta un instant devant l'entrée, le souffle court à cause de l'effort et du froid. Son regard se fixa sur le troisième étage, là où avaient habité ses grands-parents, puis redescendit vers la lourde porte cochère.

Elle s'ouvrit à cet instant et une dame entre deux âges en franchit le seuil. Elle avait les cheveux blancs coupés court et tirait derrière elle un chariot à commissions. Armand fit deux pas de côté pour la laisser passer, mais ce fut elle qui s'excusa.

Il traversa sur le trottoir d'en face pour contempler encore quelques instants la façade, puis entreprit de refaire le chemin que sa mère empruntait pour se rendre au Teatro Verdi. Une main courante était fixée tout au long de la via Tigor, sur le côté droit dans le sens de la descente, en prévision des jours de *bora*, ce fameux vent dont sa mère lui parlait toujours avec une joie d'enfant. Il n'y en avait pas ce jour-là, mais Armand descendit toute la rue agrippé au fer rond. Il croisa quelques passants via Cavana et retrouva vite la piazza Unità d'Italia d'où il était parti. Il la traversa dans sa largeur et entra au Caffè degli Specchi. Sa mère s'y rendait toujours avec ses parents après les spectacles de matinée. Le café était immense, luxueux à l'italienne, avec un comptoir interminable et une petite zone avec quelques places assises inoccupées, alors que la foule se serrait devant le bar. Armand se fit la réflexion que sa mère et ses parents devaient sûrement s'installer à une table plutôt que de s'agglutiner. Naturellement, il s'assit et commanda un cappuccino. On lui en apporta un minuscule, servi dans un verre, qu'il avala d'un trait comme une vodka.

Pourquoi sa mère avait-elle quitté Trieste ? Armand pensa aux mots que Nietzsche avait ajoutés dans sa lettre à Paul Rée : "Jamais je ne me suis senti si proche de moi." C'était la sensation exacte qu'il ressentait depuis qu'il était arrivé à Trieste : dans cette ville, Livia Tedeschi avait été proche d'elle-même, apte au bonheur. Elle n'aurait jamais dû partir.

Il se souvint soudain qu'il devait téléphoner à Anne-Catherine. *"Una signora"*, disait d'elle sa mère. Cette admiration l'irritait toujours. Sa mère ne recevait en retour qu'une condescendance habillée de mots creux. Mais au moment même où il posait le petit verre sur la soucoupe, il comprit le motif de ce respect. Anne-Catherine était une battante : Livia admirait la pugnacité qui lui manquait et peu importait que tant de méchanceté soit dirigée contre elle. Elles étaient toutes deux perdues dans leur solitude. Sa mère était résignée dans son exil et Anne-Catherine luttait pour mériter sa place auprès des siens.

“A côté de Marie-Louise, je dois ramer.” Elle le répétait sans cesse et c’était bien vu : sa sœur était plus élancée, plus belle, plus capable et, pour couronner le tout, elle avait des jambes parfaites, alors que celles d’Anne-Catherine, aux forts mollets, lui pesaient comme un fardeau injuste et humiliant. Anne-Catherine rattrapait les différences comme elle le pouvait, se dépensait sans compter, écrivait des lettres de remerciement, donnait des gages. Le dédain qu’elle affichait à l’égard de sa belle-mère n’était qu’un gage, une lâcheté misérable que son désarroi la poussait à commettre pour se faire bien voir de son petit monde

La perspective de l’appeler au téléphone lui parut si pénible qu’il décida de remettre l’appel à plus tard.

*

Vers midi moins le quart, Armand prit un taxi pour se rendre au cimetière, via Pace, sur les hauteurs de Trieste. Le rabbin l’attendait dans la maison du gardien. C’était un homme d’une soixantaine d’années, presque chauve, petit mais très râblé, aux grands yeux bleus malicieux et mobiles. Son collier de barbe blanche lui donnait un air de prophète. Il n’y alla pas par quatre chemins :

— Vous m’avez dit que votre mère souhaitait retrouver ses parents dans le caveau familial.

— C’est exact.

— Mais votre mère voulait également que soit dite une messe à sa mémoire à Genève ? Une messe catholique… je n'ai pas bien compris…

— Catholique-chrétienne, précisa Armand, une petite congrégation qui ne reconnaît pas l'infaillibilité papale.

Le regard du rabbin s'éclaira. Il souriait tant qu'il pouvait.

— C'est un bon pas.

Armand se souvint du jour où sa mère lui avait parlé de la rénovation de Saint-Germain, l'église catholique-chrétienne de Genève, à quelques pas du Grand-Mézel. "J'espère qu'ils ne vont pas la transformer en usine", avait-elle espéré. Finalement, l'église rénovée lui avait beaucoup plu. Elle avait gardé toute sa simplicité, et Livia et Lia en avaient été soulagées au point qu'elles avaient écrit une lettre de remerciement à l'architecte qui en avait dirigé la rénovation.

— Et les prêtres peuvent se marier, ajouta Armand.

— Parfait, parfait, dit le rabbin, toujours souriant. Puis il se reprit : Pardonnez-moi, je plaisante, alors que vous êtes dans le chagrin. Nous accueillerons votre mère de tout cœur. Ses parents étaient juifs, ils sont ici, et la place qu'elle souhaite avoir auprès d'eux lui revient. A une seule condition : la cérémonie doit être religieuse. C'est une obligation. Nous dirons le Kaddish.

— Je comprends, dit Armand au rabbin, c'est sans doute ce qu'elle aurait voulu.

— Venez, je vais vous montrer le caveau des Tedeschi. C'est le premier à droite, en entrant, vous êtes passé devant.

Le rabbin s'arrêta devant un monument néoclassique. Sur la grande plaque de marbre gris qui faisait fronton, des noms, des dates et des lieux étaient gravés : Trieste, Vienne, Prague, Corfou, Sarajevo, Constantinople.

Armand fit quelques pas le long de l'allée. Le cimetière était envahi de plantes vertes, comme si la vie embrassait la mort. Sur les pierres tombales voisines, de nombreuses inscriptions étaient écrites en langues étrangères. Un cimetière d'exilés. Armand songea à celui de Cologny. Charmant sur son coteau, on pouvait l'embrasser du regard d'un seul coup d'œil. C'est là-bas que la famille Hugues était enterrée, là où chacun avait été parent ou copain d'école. Un autre monde. Sa mère retrouvait le sien, là où l'on vit et meurt entouré de gens qui viennent d'ailleurs. Alors, l'exil devient un besoin autant qu'une douleur.

Il avait renvoyé son taxi et le rabbin insista pour le raccompagner à son hôtel.

— Votre mère termine son exil, lâcha-t-il en démarrant.

Il conduisait vite, les yeux fixés sur la route. Armand ne lui répondit pas, le sentant tendu comme s'il avait encore autre chose, de plus difficile, à dire. Sa conduite resta saccadée pendant toute la durée du trajet. Devant l'hôtel, le rabbin se tourna vers Armand. Son visage était grave maintenant. Il sortit un gros portefeuille de sa veste, en extirpa une petite feuille de papier pliée en quatre et la tendit à Armand.

— Vous savez, après l'ensevelissement, devant la tombe, c'est au fils de dire le Kaddish. C'est la Loi. Je vous suggère de vous exercer à la lecture, le texte que je vous donne est en caractères latins, vous verrez, ce n'est pas évident, l'araméen n'est pas une langue facile.

— Vous savez, je suis protestant, cette lecture me mettrait mal à l'aise.

— Lisez d'abord le texte en italien, dit le rabbin. Il est imprimé au verso.

Après lui avoir donné le petit carton, il ajouta :

— Vous voyez, le texte est universel, un hymne à la vie. C'est la prière des morts, et pourtant le mot "mort" n'y figure pas une seule fois.

— Je suis venu ici pour enterrer ma mère, pas pour me convertir.

— Ce serait inutile. Le fait que votre mère ait sincèrement pratiqué la foi catholique pendant soixante ans ne change rien. Elle est née juive, donc vous êtes juif. Disons : pour nous, vous l'êtes, c'est la Loi. Vous pouvez dire le Kaddish.

Armand ne sut que répondre. Qu'aurait pensé le pasteur Bujard qui enseignait le catéchisme à Saint-Gervais ? Il avait inculqué à Armand une foi juste et droite. Armand croyait en Jésus-Christ.

Soudain Armand eut envie de rire, tant la situation lui sembla cocasse. Ils étaient là, le rabbin et lui, comme deux tourtereaux qui hésitent à se quitter.

Il réprima son sourire et regarda le rabbin droit dans les yeux.

— Je suis croyant, monsieur le rabbin.

— Ce n'est pas une question de foi, c'est une question d'appartenance.

Armand comprit que c'était comme cela. De toute façon, pour sa mère, il aurait prononcé n'importe quelle prière de n'importe quelle religion. Il tendit la main au rabbin.

— Je vais m'appliquer. Après-demain, onze heures ?

— Oui, à dimanche.

*

L'après-midi de vendredi, Armand prit un taxi pour Portorose où la famille passait l'été. Le lieu s'appelait désormais Portorož et se trouvait en Slovénie. Il avait demandé au concierge si le Palace existait toujours. Selon lui, il était toujours ouvert. Mais le concierge pensait au Nouveau-Palace, un bâtiment des années soixante-dix, laid à souhait. Une petite rue pentue le séparait du vrai Palace. Le vieil hôtel était encore là, juste à côté, abandonné depuis longtemps. Par les loggias du dernier étage, Armand remarqua que la toiture était percée. Un grillage de plastique vert bloquait l'entrée monumentale qui donnait sur le parc où d'immenses palmiers, disposés en une géométrie parfaite, laissaient deviner la grandeur passée. Sa mère lui avait parlé des repas pris *"in giardino"* et Armand déduisit que ces repas devaient sans doute se prendre sous la pergola. Au milieu de tout cet abandon, la pergola seule restait robuste, trente mètres de long sur une dizaine de large, couverte de rosiers grimpants. Armand imagina combien le spectacle devait être enchanteur au printemps ou en été. Qui soignait ces rosiers ? Etait-ce là, après les repas, que l'hôtel organisait des concours de chant entre clients ? Non, ils devaient plutôt utiliser les escaliers qui menaient à l'entrée comme avant-scène et installer des chaises dans le jardin juste devant. Sa mère lui avait raconté y avoir chanté un *Va pensiero* qui lui avait valu un prix, un petit pichet de cristal bleu de Bohême, orné de deux filets d'or, avec son couvercle assorti. Il était toujours posé sur sa table de nuit, dans sa chambre au Grand-Mézel.

Il n'y avait rien d'autre à Portorose et Armand rentra vite. Le taxi le déposa à l'hôtel. Il traversa la place pour prendre un cappuccino au Caffè degli Specchi. Cette fois, il le but en Triestin, debout au comptoir. Il remarqua que dans la salle, deux tables avaient été réunies. Il y compta sept vieilles dames et les observa du bar. Elles parlaient toutes en même temps, comme des petites filles qui rentrent d'un anniversaire et veulent absolument en raconter tous les détails.

Dans sa chambre d'hôtel, il dormit bien deux heures, épuisé par l'émotion autant que par le froid. L'après-midi enfin, il alla à la représentation de

Nabucco. Il se retrouva seul dans une loge minuscule, ornée de miroirs latéraux, étroits, situés sur chaque paroi. Cela correspondait bien au Teatro degli Specchi : Trieste était un miroir. Sa mère le lui disait : "A Trieste, on sait à quoi on ressemble, mais à Genève on ne se voit pas."

La salle était bondée, des dames surtout, presque à chaque place, âgées pour la plupart. Il compta dans une rangée au moins trois ou quatre femmes pour un homme. A l'entracte, il accéda aux toilettes pour hommes sans attendre, mais à côté les vieilles dames étaient au moins trente à faire la queue et à piailler. Sa mère aurait été heureuse de se trouver là. Ce *Nabucco* était mauvais, une production de province. Les chanteurs n'hésitaient pas à pousser la note au-delà du geste du chef, et les décalages de l'orchestre étaient incessants. Cependant, au troisième acte, le *Va pensiero* s'avéra si prenant que le chef décida de le faire rechanter. Lorsque le chœur reprit : "Oh mia patria, si bella e perduta", l'émotion submergea Armand. Il ne devait pas être le seul, dans la salle l'émoi était palpable. A la fin de l'aria, il quitta sa loge.

Le dimanche matin, un peu avant onze heures, un taxi le déposa via Pace. Dans la petite pièce où ont lieu les cérémonies avant la mise en terre, qui occupait le rez-de-chaussée de la maison du gardien, une vingtaine de personnes étaient déjà assises. Armand se dirigea vers le fond de la pièce où était posé le cercueil de sa mère. Debout derrière son pupitre, le rabbin attendait. Dès qu'il le vit, il pointa son index sur un bac de bois accroché à la paroi où étaient jetées pêle-mêle un monceau de calottes noires. Armand en choisit une au hasard et dut s'y prendre à deux fois pour qu'elle tienne. Le rabbin l'invita du geste à s'asseoir. Une très vieille dame s'approcha, c'était la dame aux cheveux blancs, celle du chariot à commissions qui habitait via dei Giustinelli. Elle ne l'avait pas reconnu. Elle lui dit : *"Io mi ricordo dei Tedeschi di Castelnuovo, erano dei signori. Noi avevamo* La Bomboniera, *prima della guerra, sa, la pasticceria in via Trenta Ottobre*."* Sa mère lui avait parlé de leurs pralines au massepain. La dame ne lui lâchait pas la main. Il l'invita à s'asseoir près de lui, mais elle déclina : *"Sono con un' amica."*

La cérémonie fut très brève. Après les prières le rabbin dit quelques mots : *"Si potrebbe dire che è la fine di un esilio. Mà chi può dire quando finisce l'esilio ? Chissà se finisce mai ? Magari vive nascosto, in esilio anche lui. Ma presto o tardi, si farà vivo, lo sappiamo tutti**."* En disant ces mots, le rabbin sourit imperceptiblement.

* Je me souviens des Tedeschi di Castelnuovo, c'étaient des seigneurs. Nous avions *La Bomboniera*, avant la guerre, vous savez, la pâtisserie via Trenta Ottobre.

** On pourrait dire que c'est la fin d'un exil, mais qui peut dire qu'un exil a pris fin ? Est-ce qu'on sait s'il finit jamais ? Peut-être qu'il est caché, en exil lui aussi. Mais tôt ou tard il réapparaîtra, nous le savons tous.

A l'enterrement de son père, cinq membres du gouvernement s'étaient déplacés à la cathédrale Saint-Pierre. Le pasteur avait parlé du bâtisseur Xavier Hugues, du sillon que la famille continuait de graver dans l'histoire de la ville, un "trait profond et droit", avait-il dit. Tout était fort et pierreux à cet enterrement : les colonnes immenses de la cathédrale, la place Saint-Pierre et ses hôtels particuliers du XVIIIe siècle, tous en pierre de taille, disposés en arc, immuables. A Trieste, c'était l'exil, le vent, l'éphémère.

Ils sortirent par une porte latérale qui donnait sur l'allée, précédés par le chariot que poussait le bedeau. Il s'était mis à neiger à petits flocons, une neige piquante et dure. Armand remarqua que le cortège n'était pas constitué que de vieux. C'étaient des habitués que le rabbin avait sollicités pour s'assurer que dix hommes au moins assisteraient à la prière, comme l'exige le rite. Le cercueil fut posé sur les planches et, par un jeu de cordes, deux employés du cimetière le descendirent au fond du caveau. Le rabbin lui tendit une petite pelle. Il comprit qu'il lui incombait de jeter la première poignée de terre. Puis chacun fit de même et les deux employés retirèrent une planche posée à la verticale qui retenait un monceau de terre. Elle tomba à grand bruit sur la tombe.

— Kaddish, dit le rabbin.

Armand entama la lecture du feuillet.

*It kaddal veït kaddash sheme rhaba**.

* En araméen : Que son grand nom soit répandu et sanctifié.

Au fur et à mesure de sa lecture, il acquit la conviction que ses paroles emplissaient l'espace, touchaient le ciel, traversaient la terre et le bois du cercueil, et berçaient sa mère de leur poésie orientale. Il les déclama à forte voix, certain qu'en cet instant, ces mots lisses, patinés par les siècles et les chagrins, accomplissaient leur propos. "Les morts sont vivants", lui avait lancé le juif orthodoxe à Prague...

— Venez, il y a encore une formalité, dit le rabbin.

Il le prit par le bras et le ramena dans la salle du rez-de-chaussée. Ils y étaient seuls. Debout devant Armand, presque collé à lui, le rabbin farfouilla dans ses poches, en sortit une petite paire de ciseaux et dit :

— Soyez assez gentil pour tenir votre cravate de côté.

Armand obéit sans comprendre. Le rabbin taillada sur quelques centimètres l'empattement de la chemise d'Armand à hauteur de la poitrine.

— Voilà, c'est pour marquer votre peine.

Il regarda Armand et eut un geste d'impuissance :

— Cela doit vous paraître déplacé...

— Je ne savais pas que le chagrin devait être étalé, dit Armand.

Il avait parlé en prétentieux. Il passa toutefois son doigt à l'emplacement de l'entaille, répéta le geste deux fois, comme il l'aurait fait sur les lèvres d'une blessure indolore. A la mine d'Armand, le rabbin comprit :

— Pour apaiser votre douleur, conclut le rabbin, il faut commencer par la partager. Venez, je vous raccompagne.

Arrivés à l'hôtel, ils se serrèrent la main en silence. Le rabbin baissa longuement les paupières. Armand attendit de pouvoir capter son regard.

— Merci pour tout.

— Merci pour elle, répondit le rabbin.

Armand quitta la voiture. Il était venu à Trieste enterrer sa mère et y avait vécu trois jours inoubliables, lumineux. Il se défit de sa cravate, la fourra dans la poche de son manteau, déboutonna sa chemise jusqu'à la déchirure de l'empattement et décida de marcher jusqu'au bord de mer, de l'autre côté de la place, la main accrochée à l'entaille de sa chemise. Sur la Riva del Mandracchio, le spectacle était irréel. Quelques passants isolés marchaient d'un pas pressé et leurs silhouettes noires tranchaient sur la blancheur de l'air marin. Ils se ressemblaient tous : même profil, mêmes gestes saccadés, même hâte d'être ailleurs. Il imagina soudain une Genève où les rues de la vieille ville ne déboucheraient pas sur les Rues-Basses, mais sur la mer. C'est cela, Trieste, se dit Armand, une ville digne et laborieuse comme Genève, où les illusions ont été balayées par la Méditerranée, ses coups tordus, sa soif de malheur et son goût de la vengeance. La houle a trempé ses habitants, les a dessalés, baignés jusqu'à l'os par gros paquets d'eau glacée. De quoi les rendre lucides pour toujours.

Il poursuivit sa marche et poussa jusqu'à la capitainerie de l'ancien port. Là, les quais étaient déserts. L'eau était noire. Ses parents étaient maintenant à l'abri. Lui aussi était en paix.

C'est quand même idiot d'avoir à attendre la mort pour en arriver là, se dit Armand. Un rire lui échappa, il s'en voulut, puis s'y laissa aller de bon cœur. Demain il rentrerait à Genève. La perspective de retrouver sa ville lui procura un frisson de plaisir.

ÉPILOGUE

Hôtel Duchi d'Aosta
I – 34121 Trieste

Dimanche 21 décembre

Ma Charlotte,

Depuis ce matin ta Nonna repose en paix auprès des siens. Tout s'est bien passé. Demain je rentre à Genève et Dieu sait quand tu recevras cette lettre ; cela a l'air idiot que je t'écrive. Tant pis, j'en ai envie. Pour être franc, j'en ai besoin.

Tu le sais maintenant, je vais quitter ta mère et j'irai habiter au Grand-Mézel avec Tatiana. Je sais que ta mère t'a tout raconté ce matin, elle vient de m'appeler.

Il fait nuit. Le concierge m'a monté quelques feuilles et je vais essayer de mettre deux ou trois choses sur papier. Trieste m'a aidé à y voir un peu plus clair.

Tu te souviens de ta période "puzzle" ? Tu devais avoir six ou sept ans, tu étais fougueuse, tu forçais la pièce, appuyais fort des deux pouces pour qu'elle s'insère là où elle n'avait pas sa place. Du haut de ma sagesse, je te faisais la leçon. Pourtant c'est ce que j'ai fait toute ma vie : appuyer des deux pouces, presser très fort, pour que je m'insère jusqu'à coincer, à tordre ma pièce, moi, mais aussi toi, ta mère, les pièces voisines. Et puis le pire restait à venir : une fois en mauvaise place, il fallait jouer sur les couleurs, faire semblant d'être la bonne pièce, celle qui va avec le paysage, ne heurte pas le regard et se fond dans l'ensemble. Et ce poids d'être toujours impeccable ! Un homme impeccable, cet Armand Hugues, on voudrait lui trouver une faille qu'on n'y arriverait pas.

Tu te souviens de notre discussion sur Kafka ? Tu te demandais s'il était passé par Genève. Je t'avais répondu de toute ma hauteur. Comme si le sort du monde dépendait de ma capacité à étaler ma supériorité. En pensant à tant d'occasions gâchées, je n'ai même pas honte, je suis triste.

Tu es grande, et me voilà un monsieur presque vieux qui souhaite rattraper le temps gaspillé à vouloir être quelqu'un qu'il n'est pas, à vouloir tout maîtriser. J'ai le sentiment d'avoir vécu comme ces personnes très sérieuses qui regardent les petits animaux domestiques de haut et s'étonnent de ne recevoir en retour aucune marque d'affection. Je veux apprendre à vivre avec ce contre quoi j'ai tant lutté : être disponible à l'instant, au plaisir simple, celui qui vient sans s'annoncer. C'est peut-être cela, le plaisir, un petit animal qui veut qu'on l'apprivoise, qu'on fasse un geste, qu'on s'intéresse à lui, qu'on lui montre qu'on a envie de jouer. A défaut de quoi, il doit se dire : Ces gens sont trop nuls, je vais voir ailleurs.

Je vais vendre ma collection, la disperser, l'éparpiller, la semer à tous vents. Me croiras-tu ? J'anticipe la séparation avec soulagement. Acheter, accumuler, exhiber, vouloir être le plus habile, le plus fort : tout cela est si pesant… Et rien de glorieux, crois-moi, des ficelles : l'étalage de la réussite, la prétention culturelle, les courbettes aux grands dont on achète une tranche de vie encore chaude que l'on exhibe dans des coffrets dorés. Pourquoi cet acharnement ? Pour séduire son père ? Lui prouver que son fils pouvait briller ? J'étais bien naïf ! Mon père n'était pas dupe un seul instant. Les pères veulent qu'on les honore, pas qu'on les dépasse. Méfie-toi, ma chérie !

Un seul feuillet, voilà ce que je garderai de ma collection. "Le bon Dieu m'a donné un fils et m'a pris ma femme. J'aurais préféré qu'il fît le contraire." Te rappelles-tu ce mystérieux voyageur dont parle Kafka dans sa lettre à Max Brod ? C'était mon grand-père qui disait ces mots. A jamais dans mon portefeuille et contre mon cœur, ce cri de haine à l'égard de mon père. La lettre de Kafka trouvera bien preneur sans lui, les maisons de ventes aux enchères savent y faire, je les vois déjà s'affairer. Elles indiqueront au catalogue : "Dernier feuillet manquant", et cela ne fera que rendre le manuscrit plus mystérieux.

Je ne quitte pas ta mère pour une autre femme, comme ces maris qui recherchent mieux parce qu'ils pensent qu'à la maison on ne les apprécie plus. Maman n'y est pour rien. C'est moi que je quitte, ma Charlotte. Un homme figé et pathétique qui a trop fait peur au plaisir. J'espère qu'il est encore temps. On verra bien.

Je t'aime et t'embrasse très fort,

Papa.

TABLE

BABEL

Extrait du catalogue

687. NIKOLAJ FROBENIUS
Le Pornographe timide

688. FRANÇOISE MORVAN
Le Monde comme si

689. CHI LI
Triste vie

690. FRÉDÉRIC JACQUES TEMPLE
L'Enclos

691. INTERNATIONALE DE L'IMAGINAIRE N° 19
L'Europe de la culture

692. NAOMI KLEIN
Journal d'une combattante

693. GEORGE SAND
Nanon

694. FIONA CAPP
Surfer la nuit

695. CHRISTIAN GOUDINEAU
Le Voyage de Marcus

696. NORMAND CHAURETTE
Scènes d'enfants

697. VÉRONIQUE OVALDÉ
Les hommes en général
me plaisent beaucoup

698. OLIVIER PY
Paradis de tristesse

699. CLAUDE PUJADE-RENAUD
Les Enfants des autres

700. FRANÇOISE LEFÈVRE
Le Petit Prince cannibale

701. PASCAL MORIN
L'Eau du bain

702. ORNELA VORPSI
Le Pays où l'on ne meurt jamais

703. ETGAR KERET
Crise d'asthme

704. YOKO OGAWA
Une parfaite chambre de malade

705. HUBERT NYSSEN
Lira bien qui lira le dernier

706. INTERNATIONALE DE L'IMAGINAIRE N° 20
Cultures du monde

707. IMRE KERTÉSZ
Liquidation

708. SONALLAH IBRAHIM
Warda

709. SEAMUS DEANE
A lire la nuit

710. DIDIER-GEORGES GABILY
L'Au-Delà

711. VLADIMIR POZNER
Le Mors aux dents

712. AKI SHIMAZAKI
Tsubaki

713. LISE TREMBLAY
La Héronnière

714. ALICE FERNEY
Dans la guerre

715. NANCY HUSTON
Professeurs de désespoir

716. SELMA LAGERLÖF
Des trolls et des hommes

717. GEORGE SAND
L'Homme de neige

718. JEAN MARCHIONI
Place à monsieur Larrey
(à paraître)

719. ANTON TCHEKHOV
Pièces en un acte

720. PAUL AUSTER
La Nuit de l'oracle

721. PERCIVAL EVERETT
Effacement

722. CARINE FERNANDEZ
La Servante abyssine

723. ARNAULD PONTIER
La Fête impériale

724. INGEBORG BACHMANN
Trois sentiers vers le lac

725. CLAUDIE GALLAY
Seule Venise

COÉDITION ACTES SUD – LEMÉAC

Ouvrage réalisé
par l'Atelier graphique Actes Sud.
Achevé d'imprimer
en décembre 2005
par Bussière
à Saint-Amand-Montrond (Cher)
sur papier fabriqué à partir de bois provenant
de forêts gérées durablement (www.fsc.org)
pour le compte
d'ACTES SUD
Le Méjan
Place Nina-Berberova
13200 Arles.

Dépôt légal
1re édition : janvier 2006
N° impr. : 054460/1
(Imprimé en France)